Miinan murju
ja muita kirjoituksia

Maila Henriksson

ISBN: 978-952-80-6825-9
Kannen kuva: kirjailijan kotialbumi
Takakannen kuva: Olli-Pekka Linnala
Kustantaja: BoD – Books on Demand, Helsinki, Suomi
Valmistaja: BoD – Books on Demand, Norderstedt, Saksa

Sisällys:

Miinan murju
Lapin sota
Elämää suurperheessä
Yksinäisyydestä

MIINAN MURJU

Herran jestas, täällähän te olette. Miinan omat varpuset. Koko päivän olen etsinyt teitä, kääntänyt joka kolon mökissäni, ja nyt ilmestytte eteeni sievässä rivissä niin kuin muuttolinnut sähkölangoilla pois lähdössä etelää kohti. Muuttolintujahan tekin olette, tavallaan, ette kulje ilmateitse vaan meren yli erilaisissa veneissä.

Nämä varpuset eivät suinkaan olleet lintuja vaan peltikanistereita, jotka sisälsivät varttilitran Virosta tuotua pirtua. Varpusen nimi tullut tuosta varttilitrasta, nykyään neljänneslitra. Miinan piti piilottaa varpusensa, ettei Oskari itse kaveriensa kanssa olisi juonut enimpiä trokaamiaan juomia. Kauppa kävi hyvin, ostajia tuli matkojenkin takaa. Nytkin aamusta asti oli tullut ostajia, eikä juomia löytynyt kuin vasta illalla, kun ei Miina ollut muistanut kätköpaikkaa.

Miina oli itsekin juoman ystävä, kesyttänyt varpuset hameen taskussa, mistä oli helppo kulautella päivän mittaan suuhunsa väkevää ainetta. Tokihan se piti laimentaa, ei kenenkään kieli kestänyt niin vahvaa ainetta sellaisenaan. Aine vaikutti kuitenkin arkisiin toimintoihin sen verran vahingollisesti, ettei muistanut kaikkea vaan piti todella hakea ja penkoa mahdolliset paikat, kunnes kanisterit vihdoin tulivat eteen kuin itsestään. Sanotaankin, kun kauan etsii, ei tarvitse muuta kuin ottaa. Iloisena Miina plokkasi varpusensa koppaan. Ostajat olivat yleensä köyhiä työmiehiä, jotka halusivat piristää ankeita arkipäiviä. Viikonloppu oli unohduksen päivä monillekin, paitsi omalle perheelle unohtumaton aika. Varallisuus ei kiinnostanut, eikä muukaan laillisuus. Pääasia, että sai varpusen taskuunsa unohduttamaan arkea.

1. LUKU: POHJANMAA

Robert Åker ajeli huvikseen kylän raittia, poikkesi sivutielle ja näki nuoren naisen kulkevan tien reunalla. Hän rohkaisi itsensä vihdoin, pysäytti hevosen naisen kohdalla ja sanoi:

"Hyppää kyytiin, minä vien sinut sinne mihin haluat."

Empimättä tyttö hyppäsi kyytiin, kun ei ollut mitään määränpäätä kävelylle. Robert antoi käskyn hevoselle ja se vei heidät taloon, jonka Robert oli perinyt isältään. Isä oli kuollut muutama vuosi sitten ja jättänyt ainoan poikansa orvoksi. Robert ei ollut hakenut vaimoa aiemmin, sillä hän pärjäsi hevosten kanssa itsekin. Hevoset olivat isän hankkimia, tämä oli elänyt niille, sillä vaimo oli kuollut jo aiemmin. Hevosia oli useampi, jopa ravureita pari. Robert kohteli hevosia kavereina, jotka eivät jätä. Nyt oli kuitenkin jo aika saada kumppani isoon taloon, johon olisi ollut tulijoita muitakin. Robert valitsi tämän tavan.

Tyyne katseli hyväksyvästi paikkoja talossa. Olisi suuri onni asua tällaisessa paikassa, kun oma koti oli vaatimaton pieni torppa kylässä ilman mitään mahdollisuuksia edetä taloudellisesti. Tyyne jäi yöksi ja vielä toiseksikin. Kun viikko oli kulunut, ei Tyyne enää lähtenyt, koska Robert niin halusi hänen jäävän taloon. Tyyne osasi katsoa parhaaksi jäädä, kun pyydetään, osasi katsoa myös hevosten kunnon ja tuli siihen tulokseen, että ne voivat hyvin. Hampaatkin kunnossa, hevostahan katsotaan hampaisiin. Niin tuli Tyynestä ison talon emäntä.

Åkerin pariskunta Tyyne Siviä ja Robert Edvard istui aamiaisella sanomalehti levitettynä pöydälle päivän uutisia varten. Robert katseli ilmoitusta sivulla.

"Tyyne, vilkaisepa tätä, näyttää mielenkiintoiselta."

Tyyne Siviä vilkaisi, huomasi huutokauppailmoituksen, missä myytiin orpolapsia lapsettomiin koteihin. Heillä oli ollut mielessä pitkiä aikoja hankkia työvoimaa. Talo oli tarpeeksi suuri parille lapselle, joista ajan oloon kasvaisi hyviä työihmisiä. Näin saivat talolliset ilmaista työvoimaa, mitä nämä kyllä osasivat käyttää hyväkseen. Tuonne mennään katsomaan, pariskunta oli yksimielinen.

Robert valjasti ripeästi hevosen kieseihin. Tulivat huutokaupalle, jokin kunnan omistama iso talo se oli. Huone noin 40 neliötä, iso pöytä keskellä huonetta, tuolirivit taustalla ostajia varten. Tyyne Siviä ja Robert Edvard istuivat ensimmäiselle riville. Kauppa alkoi oikealla kellonlyömällä. Ensiksi tuotiin tyttölapsi näytille, viereen poikalapsi noin 6-v. Olivat kai sisaruksia, koska tarrasivat kädet yhteen, ujonlaisesti katselivat ympäri huonetta. Sitten tuotiin vielä yksi poika, ketterän ja nokkelan oloinen reipas miehenalku. Robertin silmä osui heti poikaan, hänestä tulisi varmaan hyvä hevosmies, jopa raveihin. Tyyne taas mieltyi tyttölapseen, mielessä käsityötaitoinen apulainen täkinteossa ja neulekintaissa, minkä taidon Tyyne hallitsi erinomaisesti.

Huutajat kysyivät lasten nimiä.

"Minä olen Oskari."

"Miina Alfiina."

Huudoissa ei ollut kilpailua, joten sekä Robert että Tyyne saivat haluamansa lapset omakseen – siihen saakka kunnes nämä saisivat itse päättää elämästään aikuisina ihmisinä. Vanhemmat olivat kuolleet jo nuorina ja jättäneet orpolapset yhteiskunnan huostaan. Kaikki tietävät heidän kohtalonsa pysyä köyhinä elämänsä läpi. Joskus joku pystyi irrottamaan itsensä köyhyydestä älykkyytensä ansiosta ja pienestä itsetunnosta ja kunnianhimosta, mikä melkein kaikilta puuttui olosuhteista riippuen. Miina ja Oskari olivat siinä suhteessa onnekkaita päästessään lapsettomaan taloon. Tyynekin oli hyvin köyhistä oloista lähtöisin, osasi ottaa lapset, tiesi, miten heitä käytetään hyväksi ja kohtelu sen mukaista, keppiä ja häpeää.

Lapset saivat omat huoneet yläkerrasta. Tyyne ja miehensä olivat molemmat avarasti ajattelevia, ei turhan nuukia elintavoissaan eivätkä myöskään puheissaan. Varsinkin Oskari oppi nopeasti talon tavoille, ei turhia arastellut käytöstään, hoiti hevosia miehen lailla heti kun kynnelle kykeni. Sai harjoitella ravurin kanssa ajellen pitkin kylänraittia kevyillä ravikärryillä ja nautti siitä. Oskari oli notkea ja nopea, voittikin joskus raveissa. Saadessaan sievoisen summan pihisti kympin omiin taskuihinsa. Haaveena oli joskus muuttaa pois rengin asemasta ja asettua itsellisenä muualle.

Miinasta taas kehittyi oiva täkin tekijä, tikkasi ahkerasti hienoja silkkipeittoja, teki neulekintaita somasti koristellen erilaisilla langoilla. Sai myös itse pitää ne lantit, mitä tienasi, pisti visusti säästöön tulevaisuutta varten. Tiedossa oli aikaan muutto talon palveluksesta, se oli aina haaveena jokaisella huutolaisella. Oskari tuli rippikouluikään, ostettiin uusi puku ja lierihattu, mikä oli merkki aikuistumisesta. Miinakin sai uuden leningin, oikean ompelijan tekemän, musliinia, hyvää kangasta. Tyyne piti huolen, ettei kenelläkään ollut sanomista lasten huoltajuudesta. Ylpeys on oikeutettua myös köyhällä.

Siinä he varttuivat vuosi vuodelta, kumpikin kehittyen talon tapaan, vapaamielisesti. Miina ja Oskari nukkuivat vierekkäisissä huoneissa vieraillen vuoronperään molempien sängyissä. Tyyne ja Robert tiesivät suhteesta, mutta nuoret ovat nuoria, huutolaisetkin. Niin siinä lopulta kävi, että Miina pamahti paksuksi, eikä sille mahtanut jälkeenpäin enää mitään. Tyyne ja Robert vain iloitsivat tiedosta. Tyyne saisi pienen lapsen, vaikka toisen synnyttämänä, kuitenkin tässä talossa ihmisen alku. Taloon ei Robertin jälkeen ollut syntynyt kuin hevosen varsoja. Kyläläiset moittivat sellaisesta syntisestä elämästä, että vihkimättömänä saa lapsen. Siihen Tyyne avaramielisenä ihmisenä antoi moittijoille vastauksen: "Ei vittu vihkein parane, pahenoo se." Nyt oli Tyyne paheksunnan kohteena, kun puhui tuollaisia kaikkien kuullen. Niin saivat nuoret olla rauhassa puheilta. Ehkä Tyyne tiesi, kuten ei ollut lasta tullut, että oli pahentunut.

Miinan vatsa kasvoi niin isoksi, ettei lopulta enää mahtunut täkkipuiden alle. Piti lopettaa tämä harrastus, kintaat vielä sentään sujuivat, käsissä ei vikaa, pennosia ansaitsi vielä hetken. Kaikki odottivat hetkeä saadakseen nähdä sen ihmeen, että tässä talossa syntyi ihmisiä eikä aina vain hevosia.

Vihdoin se päivä koitti, poltot alkoivat. Robert heti valjastamaan hevosta hakemaan lapsenpäästäjää, jonka Tyyne oli valinnut monen joukosta. Lapset syntyivät silloin aina kotona, jossa isät olivat mukana synnytyksessä huolehtien lämpöisestä vedestä ynnä muista tarpeellisista asioista. Tässä tapauksessa isä kuitenkin piiloutui Robertin kanssa pohtimaan miesten asioita yhteen kammariin viinalasit edessään pöydällä. Pitkien tuntien kuluttua kuului vihdoin vastasyntyneen huuto. Miehet siltä istumalta ryntäsivät katsomaan ihmettä. Poikalapsi tuli, siinä onniteltiin toinen toisiansa. Miina lepäsi rauhallisena vuoteessa katsellen ihmetellen toisten touhotusta yhden poikalapsen takia, mikä oli kuitenkin mitä luonnollisin tapaus.

Ristiäispäivä on määrätty, papiksi kelpasi vain kirkkoherra, ei mikään pastori ollut kelvollinen ison talon huutolaispojalle. Nimeksi päätettiin antaa Carl August, sitä eivät oikea isä ja äiti päättäneet, hieno nimi kuitenkin heidän mielestään. Nimen päätti Tyyne, joka oli talon valtias, piti aisoissa Robertinkin hevosineen.

Lapsi kastettiin Miinan ompelemassa silkkimekossa. Rintamus oli koristeltu vaaleansinisillä ruseteilla, silkki oli kotoisin täkin teettäjiltä. Miina oli laittanut sen säilöön tulevaa tarvetta varten. Kummeja oli naapurista tuttuja, oikeita kristittyjä kirkkoon kuuluvia ihmisiä, Tyynen valitsemia. Oskari ehdotti omia kavereita, heitä ei Tyyne hyväksynyt ja Miinallahan ei ollut mitään sanomista, piika kun oli.

Ristiäisiä juhlittiin myöhään iltaan naapureiden kanssa synninteot unohtaen. Kahviteltiin ja keskusteltiin pojan elämästä ja tulevaisuudesta. Oskari ja Miina eivät hiiskahtaneetkaan omista suunnitelmistaan lähteä pois talosta ja koko Pohjanmaalta etsimään uutta elinkeinoa ja ympäristöä. Kun Calle täyttäisi kaksi vuotta, he voisivat lähteä. Elettiin Callen ehdoilla. Miina virkistyi, kun sai itse kylvettää lapsensa, mitä ei ollut arvannut. Kapalo oli sen aikainen vauvan vaate, ei vielä ollut keksitty nykyaikaisia vaippoja tai muita helppokäyttöisiä tarvikkeita. Tyyne huolehti, että lapsella oli kaikkea sitä, mitä muidenkin lapsilla oli, lämpöisiä vaatteita ja sopivia kenkiä. On tärkeää tulla huomatuksi heti pienestä asti. Calle kasvoi ja kehittyi tavalliseen tapaan, niin kuin lapset kehittyvät, hitaasti mutta varmasti ilman suurempia kommervenkkejä. Nukkui yöt ja päivätkin. Miinalla oli taas aikaa tikata täkkejä. Hän talletti kaikki tienestit, haaveena saada oma koti jossain. Apteekkari oli hyvä asiakas, monen lapsen äitinä ja vielä ylpiässä Pohjanmaan pitäjässä teetti monet silkkitäkit lasten lähtiessä kotoa.

Koitti aika, kun Miina ja Oskari kertoivat Tyynelle ja Robertille poislähdöstä. Pariskunta oli kovasti pettynyt nuorenparin suunnitelmiin, sillä talonväellä oli ollut aivan toiset suunnitelmat heitä varten. Vihdoin he hyväksyivät asian ja lupasivat lahjoittaa muutaman kalusteen ynnä muuta tarvittavaa mukaan otettavaksi uuteen paikkaan.

Uusi paikka oli tiedossa, sillä muutamat pohjalaiset olivat lähteneet aiemmin samoille suunnille. Talo oli luvannut hevoskyydin muuttoon ja se päivä oli tänään. Parihevoset oli valjastettu lähtöön. Tyyne huolehti, että mukaan tuli sänky ja muutama tuoli pöytineen, vintille vietyjä tavaroita. Miinan tekemät täkit ja muutama muu pieni esine saivat tulla mukaan. Oskari itse ohjasti hevosia. Matkaan lähdettiin aamuvarhaisella, se oli pitkä ja hidas, piti poiketa välillä kestikievarissa ja nukkua pois väsymys. Uuden aamun sarastaessa jatkettiin, kunnes mökki lähestyi.

"Näyttääpä kovin pieneltä", sanoi Miina.

"Kyllä me siihen varmaan mahdutaan, en odottanutkaan kummempaa", sanoi Oskari, joka oli pitänyt talonpoikaisjärkensä tallessa, vaikka olikin ison talon renkinä ollut. Oma on aina oma, tyytyväinen pitää olla tähänkin vähään. Miinalle se oli vaikeampaa, sillä hän oli ollut Tyynen ohjauksessa. Köyhän on pidettävä yllä ylpeyttä. Sitä Tyyne oli joutunut opettelemaan alusta saakka ollessaan yhdessä ison talon pojan kanssa.

Paikka oli Helsingin liepeillä Tapanila. Pieniä mökkejä vieri vieressä. Se oli suuri muutos elintasossa, mutta suunnitelmia ei muutettu. Miinan luonteelle, joka oli vaativaisempi kuin Oskarilla, oli muutos nolompi, mutta minkäs teet. Tehty mikä tehty, pulinat pois.

Naapurit seisoivat uteliaina katsomassa, minkälaista porukkaa tuli. Yhtä köyhiltä näyttivät tavaramäärään katsottuna, ei edes piironkia, mikä oli varallisuuden mitta sillä vuosikymmenellä. Isoon pohjalaismalliseen taloon ei ollut mitään asiaa, eikä niitä siellä ollutkaan.

Naapurit olivat köyhiä työmiehiä vailla mitään ammattia. Calle kasvoi siinä ympäristössä, jos sitä kasvamiseksi voi sanoa. Ainakin pituutta kasvoi, mutta poika jäi honteloksi ravinnon puutteesta. Miinan taito ruoanlaittajana oli olematonta, ruoka oli ollut yksinkertaista jo Pohjanmaalla. Piioille syötettiin yksinkertaisin ruoka, vellejä ohra- ja kauraryyneistä, eivätkä rengitkään sen parempaa saaneet. Niinpä Calle kasvoi pituutta, jalat hieman väärässä, rintakehä lytyssä riisitaudin tuomana, käyrät jalat vitamiinin puutteesta, sillä ravinto oli puutteellista kasvavalle ihmiselle. Vielä kolmekymmenluvullakin joillakin luusto vääristyi. Vasta kalanmaksaöljy toi avun vitamiinin puutteeseen. Nykyään ei ole vääräsäärisiä lapsia eikä vanhempia.

Miina piti perheen hengissä, oli topakka nainen, tikkasi täkkejä herrasväelle. Täkkipuut seisoivat pirtin lattialla ympäri vuoden vieden tilaa muilta askareilta. Siivous jäi toisaikaiseksi, Oskari sylki lattialle mällinsä, eikä vaimo ehtinyt kulkea perässä rätin kanssa.

Murjuksi mökki muuttui tapojensa ansiosta, kun Suomessa vallitsi kieltolaki. Viinaa ei myyty Alkossa. Keinot eivät loppuneet suomalaisilta, vaan keksittiin toiset konstit, millä janon sai poistettua. Monet suomalaiset, varsinkin pohjalaiset yrittäjät keksivät uuden rikastumisen tavan, pirtun trokaamisen Virosta, mutta Miina ja miehensä Oskari eivät sillä rikastuneet. Oskari itse käytti kavereidensa kanssa suurimman osan juomista ja jakoi kavereilleen, joita oli paljon.

Toimeksiantajina oli pohjalaisia miehiä. Nämä palkkasivat riuskoja nuorukaisia kuljettamaan laitonta lastia yli meren, joka erotti Viron Suomesta. Nopeaksi tunnettu Oskari oli haluttu trokaamaan pirtua Virosta. Hän oli ketterä liikkeissään ja nopea piilottamaan lastinsa, jos ohranat eli poliisit sattuivat näköpiiriin. Lasti piti joskus nopeasti upottaa mereen ja laittaa merkit upotuspaikkaan, että seuraavana päivänä löytää paikan helposti. Ei koskaan tiennyt, milloin käry kävisi. Poliisiveneet risteilivät alituisesti niin yöllä kuin päivälläkin merellä, eikä tiennyt, minä päivänä loppu tulisi. Miinalla oli mielikuvitusta muillekin jakaa, ja sitä hän käytti hyväkseen lähettäessään miehensä vaarallisille reissuille.

Oskari toi lastin Miinan murjuun, millä nimellä varpusten ostajat tunsivat mökin. Pirtua myytiin kyllä isommissakin astioissa, mutta köyhä työmies osti vain sen varttilitran. Poliisi tiesi Miinan ja Oskarin touhuista, mutta säästivät pidätykseltä lapsen vuoksi.

Jokaviikkoiset asiakkaat huomasivat emännän laiminlyönnit huushollin hoidossa. Varpuset saivat yliotteen Miinasta. Hän ei aina muistanut ruoka-aikoja, usein ruoka paloi pohjaan ja hellalla levyt olivat pilalla ruokajätteestä. Koskaan hän ei muistanut kattaa pöytää, mitään ruoka-aikoja ei ollut, kun ei ollut syötävääkään. Kun pitkin päivää naukkaili väkeviä, ei huomannut nälän tunnetta. Calle söi mitä sattui näkemään pöydällä, sillä siihen ruokatavarat jäivät, kukaan ei tiskannut astioita, niitä oli pöydät täynnä eikä nuori poika vielä osannut vaatia parempaa, luuli, että kaikilla oli samanlaista.

Nyt oli tiedossa hyvät tienestit, sillä varpusia riitti isolle ostajaryhmälle, joka odotti jännittyneenä. Oskari viipyi reissullaan useita päiviä. Yön pimeässä trokarit huomasivat poliisiveneen valojen lähestyvän. Äkkiä varpuset laidan yli upoksiin, siihen tehtävään kelpasi vain Oskari riuskoine otteineen. Siinä hänen ollessaan kumartuneena laidan yli kävi niin, että hän luiskahti yli ja uimataidottomana jäi aaltojen armoille. Oskari löydettiin viikon päästä hukkuneena ja tuotiin kotiin murheen murtaman Miinan luo.

Miina topakkana vaimona järjesti hautajaiset pohjalaiseen tyyliin. Seppele piti olla, itse hän senkin sitoi havuista ja koristeli kukkasilla, hänellä ei ollut peukalo keskellä kämmentä. Hautajaispäivä koitti. Miina lähti seppeleineen ja Callea kädestä pitäen kirkolle, missä siunaus tapahtui. Kavereita oli tullut sen verran, että heistä oli arkun kantajiksi. Horjuen lähti saatto käytävää pitkin haudalle. Se oli kuitenkin aika lähellä kirkkoa, ei tarvinnut pitkää matkaa kantaa, kun kärryjä ei ollut saatavilla kuin kottikärryt, eikä Miina hyväksynyt niin arkista kapinetta Oskaria viemään. Miina laski ensimmäisenä seppeleensä, mutta vaikka hän tovin odotti, ei tullut muita kukkia. Vain oma seppele haudan laidalla. Pettyneenä Miina potkaisi seppeleen keskemmälle hautaa.

"Siinä on koristetta kylliksi", hän sanoi.

Silmäili vielä perään, lähti sitten kotiinsa Callen kanssa. Eikö Oskarilla ollut yhtään niin hyvää ystävää, että olisi kukkia tuonut haudalle? Miina ei kutsunut enää ketään kahville muistotilaisuuteen, vaikka oli valmistautunut leipomalla nisuja ynnä muuta. Päätteli kavereiden olleen sellaisessa kunnossa, etteivät kyenneet tulemaan.

3. luku: Calle

Niin jäi Miina yksinhuoltajaksi, vaikka ei ollut Oskarikaan ollut mitään perheenisätyyppiä, niin kuin eivät muutkaan siinä yhteisössä. Yksinhuoltajana Miina yritti pitää Callen hoivissaan, mutta illan tullen oli jo uuvuksissa kaikesta ylimääräisestä, mitä Oskarin kuolema aiheutti. Olihan Miinalla tietysti lohduttajia varpusten ostajissa, niitä oli moneen menoon. Oli hänellä kuitenkin vielä varastossa myytävää, nyt piti vain valikoida ostajat. Ostajista Miina otti yhden isäpuoleksi Callelle ja itselle iloksi vuoteessa.

Calle varttui miljöössä, missä ei paljon yhteiskuntaoppia harrastettu, eikä muutakaan sosiaalista elämää. Hän jäi paitsi yhteiskunnan velvollisuuksista ja velvollisuuksista yleensäkin. He elivät omien lakiensa mukaan, myivät salaa viinaa, pitivät itsestään selvinä asioina. Tällaisista olosuhteista lähtijät eivät tiedä mitään laeista ja se tapa kulkee sukupolvelta toiselle. Poika oli valmiina oppimaan ammatin isänsä perästä ja Miina tarvitsi Callen apua.

Calle oli kiltti lapsi, ei vaatinut mitään ylimääräistä, koska ei tiennyt, että paremminkin olisi voinut olla. Koulua hän kävi sopivasti menestyen, luokalta eteni ylöspäin, kunnes oppivelvollisuus täyttyi ja pääsi vapaasti nauttimaan siitä elämästä, mikä oli hänen kohdalleen sattunut. Köyhyys aiheuttaa myös alistumista toisen tahtoon, ei osaa vaatia mitään itselleen. Köyhyys iskostaa uskomuksen, ettei se minulle kuulu, oli asia mikä hyvänsä. Tyytyvät luulemalla, että se on kohtalo pysyä köyhänä. Minkäänlaista ylpeyttä tai kunnianhimoa ei löydy siitä rodusta, jos sitä roduksi voi sanoa. Elintaso tai rikastuminen ei kiinnosta.

"Olisin kiitollinen Luojalle, etten ikinä tulisi niin rikkaaksi, että pitäisi piikaa pitää", sanoi Miina usein. Vaikka Tyyne ja Robert eivät ikinä olleet väheksyneet heitä, muut ihmiset pitivät arvottomina. Köyhän piti olla ylpeä siitä, että tyytyi vähään. Eräskin isäntä oli toivottanut vihkiparille onnea ja tyytyväisyyden lahjaa. Onnea ja menestystä pitäisi toivottaa nuorille, kannustusta edes yrittämiseen parempaan.

Callen elämästä oli nyt kysymys, kun isä makasi haudassa pois maailman melskeistä ja huolista. Elämä sujui entisenlaisena. Pituutta oli tullut aivan tarpeeksi ja pääkin oli kohtalainen vaikka pieni. Lakin numero oli pienin mitä sai ostettaessa, se tuli ilmi, kun Miina osti hautajaisvaatteita, piti monta kauppaa käydä läpi ennen kuin sai oikean kokoisen lippalakin. Uuden puvun Miina oli teettänyt räätälillä.

Callen seuraava puku olikin vihkipuku. Sitä Calle käytti aina vihillä, missä oli kolme kertaa, vaimojen kuollessa keuhkotautiin, mikä oli sen aikainen vitsaus.

Calle oli kiinnostunut jo varhain junista. Rata oli rakennettu aivan lähelle Miinan murjua, vielä seisakekin sijaitsi mökin lähestöllä. Siitä oli helppo nousta juniin, joita kulki useita kertoja päivässä. Niinpä poika heti muutaman lantin saatuaan hyppäsi junaan kulkien muutaman aseman väliä. Joskus ookasi oikein Helsingin päärautatieasemalle asti, katseli hetken kulkevia ihmisiä ja palasi laiturille, mikä vei takaisin kotiin. Aina Miina-äiti ei tiennyt, missä poika oli, mutta pääsi nopeasti kärryille, missä poika luuhasi. Tämä oli vielä viatonta luuhaamista verrattuna siihen, mitä tuleman piti. Kuitenkaan Calle ei sekaantunut mihinkään pahantekoon, niin kuin jotkut hänen kavereistaan, jotka kävivät jengisotaa käpyläläisten nuorten kanssa. Aina Calle selvisi niistäkin ulkopuolisena.

Miina ei niinkään huolestunut näistä jengeistä, niiden kahakointi oli normaalia, vaan esimerkiksi tytöistä. Niiden kanssa Calle luuhasi, mikä oli luonnollista sen ikäisille pojankoltiaisille. Miina piti tarkkaa lukua Callen tyttöystävistä, kunnes hyväksyi yhden niistä. Suhde johti kihlautumiseen, olivathan jo kohta kaksikymppisiä molemmat.

Morsian oli samanlaisesta matalasta majasta, Pelastusarmeijaan kuuluvasta perheestä. Miinakin kuuli joskus tytön huutavan ulkona: "Ostakaa Sotahuuto, yhden markan maksaapi." Joskus Miinakin osti lehden, tuskin ehti vilkaista. Osasi lukea. Jumalan sanaa näyttää olevan, ei kuulu mulle. Viskasi poltettavien sekaan eikä ostanut toista lehteä. Miina luki Nyyrikkiä, Sirpaletta ja Perjantaita, niissä oli rakkauskertomuksia elävästä elämästä. Niitä lehtiä lukivat yleensä köyhät mökkiläiset paikatakseen romantiikan nälkää, mitä vaille jäivät miesten nauttiessa varpusten antimia. Olihan Miina käynyt koulua Pohjanmaalla. Oli Tyynen ylpeys, että pani huutolaislapset koulun penkkejä painamaan kaiken työn ohella. Miinasta ja Oskarista kasvoi ahkerat yrittäjät, olkoonkin, että yrittämisen laatu ei ollut aivan rehellistä. Se, että oppi varpusen kesyttelyn helposti, ei ollut mitään kunniakasta tietenkään, mutta minkäs teet nopeasti oppivalle lapselle, oli oppi mikä hyvänsä. Viranomaisten valvonta pitäisi olla tarkempaa, ei tulisi alkoholisteja niin helpolla.

Näin Miina hyväksyi tytön. Oikein häitä vietettiin sen jälkeen, kun oli käyty vihillä pappilassa. Tyttö – Sandra – oli heikko ja heiveröinen. Kauan sitä autuutta ei kestänyt, kun tyttö sairastui lentävään keuhkotautiin. Sairaus vei hautaan muutamassa viikossa, sen ajan vitsaus oli se. Niin tuli Callesta leski ensimmäistä kertaa.

4. LUKU: TOINEN VAIMO

Puolen vuoden kuluttua löytyi uusi vaimoehdokas, hänkin sorja, kunnollinen. Uusi vaimo sentään osasi jopa laittaa ruokaa ja siivotakin osasi. Murju muuttui asuttavaksi, joskin ahtaaksi paikaksi kolmelle. Huusholliin tuli toinen komento ja niin Miina kuin Callekin tunsivat olevansa liikaa. Tämä antoi Callelle oikeuden karata junan kyytiin, siellä viipyen iltaan asti, mistä tuli hänelle tapa, naisten odottaessa häntä joka päivä. Tämä tapa pysyi Callella koko elämänsä loppuun asti.

Callen toinen vaimo oli Linda Eufrosyne. Mikä nimi – tuo d-kirjain on vaikea lausua rahvaan suussa, joten siitä tuli tietenkin Linta, kovalla t:llä. Heidät vihittiin pappilassa, morsiamella jopa valkoinen puku ja kukkia hiuksissa, Calle samassa puvussa kuin ensimmäisessä aviossa. Pappi vähän ihmetteli kiirettä, mutta huomasi, että morsian oli toinen. Avoliittoja ei ollut silloin, eikä Miinakaan niitä ymmärtänyt, vaikka oli itsekin ollut Oskarin kanssa.

Ei mennyt montakaan kuukautta siitä vihkimisestä, kun Linda huomasi odottavansa lasta. Calle iloitsi, että saa ihan oman lapsen. Lindan vatsa kasvoi ja kasvoi ollen lopulta niin suuri, etteivät tavalliset vaatteet mahtuneet enää päälle. Piti ommella uusia, isompia. Sehän Miinalta kävi kuin käden käänteessä. Syntyi mitä mahtavampia mekkoja, takkeja, vieläpä esiliinatkin piti uusia. Miinalla oli suhteita kauppoihin, joista löytyi sopivalla hinnalla kaikenlaista tarviketta. Täkin tikkaamisen taidon Miina oli opettanut miniälleen ensimmäiseksi, se oli ainoa työ enää mikä häneltä kävi varpusten käsittelyn ohessa. Hän oli auttamattomasti niiden orja. Mikä onnettomuus niiden työntäyteisten vuosien perään, mitä hän oli viettänyt Pohjanmaalla Tyynen komennossa raittiina ja ahkerana työntekijänä.

Synnytys lähestyi, kaikki mökissä odottivat jännityksellä hetkeä, jolloin uusi ihmislapsi tulisi maailmaan. Sellaiseen maailmaan, mihin ei pitäisi asukkaiden elämäntapojen vuoksi tulla pieniä lapsia. Ei ole lasten syy, että heitä synnytetään vääriin olosuhteisiin, niin kai se on tarkoitettu, että jokainen taaplaa tyylillään, on se mikä on. On selviytyjiäkin nähty ja nähdään.

Miina oli hankkinut lapsenpäästäjän, oikean kätilön, sillä hän ei uskonut kenellekään muulle tehtävää. Calle odotti hieman hermostuneena oudossa tapahtumassa, ei ollut ikinä nähnyt lapsen syntymää. Isossa talossa oli syntynyt vain hevosia, eikä hän pienen ikänsä vuoksi voinut sitä muistaa, sen sijaan Miina oli kelvannut varsomiseen Oskarin ja Robertin kaveriksi Tyynen hoitaessa muut asiat talon puolella, pitihän tapausta juhlia kahvittelun kera.

Miina piipahti kaapilla, sujautti hameisiin piilotettuun taskuun varpusen helpottamaan jännitystä. Lapsi parkaisi tullessaan niin voimakkaasti, että Miina säpsähti, luullen hevosen hirnunnaksi. Lapsi oli kuitenkin ihminen, poikalapsi, mitoiltaan tavanomainen, ei liian iso eikä pieni, ponteva poika, painoi 3,5 kiloa ja oli 53 cm pitkä. Varpunen teki tehtävänsä ja Miina tunsi itsensä onnelliseksi isoäidiksi. Nimeä mietittiin yhdessä, ei ollut kiirettä, mutta Miina se taas ehdotti Wilhelmiä. Hän oli kuullut jostain Wilhelm Valloittajasta, ei tiennyt, mitä oli valloittanut, mutta se valloittaja oli niin houkuttava. Voihan sitä valloittaa mitä hyvänsä, kunhan vain valloittaa, onhan niitä aiheita. Lindan äiti oli tehnyt vauvalle paljon vaatteita. Hänkin oli kätevä käsistään, teki nuttuja, tossuja ja lakkeja. Lapsi sai muutakin huomiota osakseen tuliaisten muodossa. Hänelle tuotiin nisukransseja, pikkuleipiä ynnä muuta hyvää syötävää. Tyyne lähetti ison paketin, joka sisälsi erilaisia tarvikkeita aina tuttipullosta alkaen. Hän oli antanut anteeksi Miina ja Oskarin äkkilähdön hyvästä paikasta, oli myös saanut tietoonsa Miinan riippuvussuhteesta niihin varpusiin. Tyyne sääli häntä, mikä oli hänelle hyvänä ihmisenä pidettynä ominaista.

Calle sen sijaan ei ollut tehnyt edes sänkyä. Joku iso pahvilaatikko löytyi ensihätään. Yksi Oskarin entisistä kavereista lupasi väsätä kehdon, jos vain saisi puutavaran haltuun. Miina hankki tarvikkeet, niin kehto ilmestyi tupaan alta aikayksikön. Näin sai poika oman sängyn, jossa häntä keinutteli jopa isä Calle silloin kuin oli kotona, mikä tapahtui harvoin, nimittäin se kehdon keikailuttaminen. Lindalla oli hyvä lauluääni, millä hän sai pojan nukkumaan laulamalla kauniita lastenlauluja.

Linda oli hyvä äiti, ei sortunut varpusiin, hoiti tunnontarkasti, miten niissä olosuhteissa teki mahdolliseksi. Vuodet vierivät silloinkin yhtä taajana kuin nytkin, poika oli saanut Wilhelmin nimekseen ja vielä Augustin toiseksi nimeksi. Pian poika täytti neljä vuotta, sai mennä ulos kavereiden kanssa. Niitä riitti, on nimittäin niin, että köyhälistö sikiää nopeasti. Iltahämärissä poika tuli sisälle, missä äiti vastassa sanoi:

"Isä paloi."

Pieni poika luuli isän kuolleen palossa, mutta kun isä ilmestyi tupaan, selvisi, että poliisi oli polttanut isän varpusten myynnistä. Hän sai sakot, jotka maksettiin Lindan säästöillä. Callella ei markka pysynyt taskussa. Vielä esimerkki rahanpidosta: Sama periytyi pojalle, ei antanut rahalle minkäänlaista arvoa. Sitä sai olla ja sitä sai mennä – hällä väliä, aina voi vipata, mutta vipit piti myös maksaa takaisin, joten rahaa ei koskaan ollut.

Wilhelm pääsi viisivuotiaaksi kevään korvilla, silloin juuri keuhkotauti sai vallan yhteisössä. Melkein joka toinen sai tartunnan. Niinpä Lindakin tunsi taudin jäytävän elimistössään. Tuli kova kuume ja vilunväreet koko kropan yli. Meni vihdoin lääkäriin, joka antoi vain muutaman viikon elinaikaa. Callelle tuli hätä, että hän menettää jo toisen vaimon. Onneksi hänellä oli tarmokas äiti Miina, jolla ei mennyt sormi suuhun. Alkoi heti hommata sijaista, täytyyhän lapsella hoitaja olla, kun ei hänestä eikä isästä ollut mitään apua. Hän tunsi itsensä varpusten orjaksi ja sitähän Callekin oli jo, vaikka oli vielä nuori mies. Pieni ei kuitenkaan saanut tartuntaa. Lentävä keuhkotauti vei kahdessa viikossa Lindan niin heikoksi, ettei enää selvinnyt, vaan piti jättää maallinen ja lähteä päin tuntematonta. On surkeaa, kun pitää kaikki jättää. Ei nähnyt lapsen kehitystä ja kasvamista. Kun tiedetään Miinan ja Callen elämäntavat, lapsi olisi kenties joutunut huostaan muualle tai joutunut huutokauppaan, mikä tapa oli vielä voimassa kunnissa. Niin jäi poika isänsä ja isoäitinsä huostaan. Calle kuitenkin kiintyi pieneen, yritti parantaa tapansa, ei uskaltanut jättää Miinan huollettavaksi, tiesi tämän heikkouden. Onneksi oli tuttaviakin, jotka yrittivät elää näiden onnettomien mukana. Miinakin ymmärsi heikkoutensa, yritti parantua, mutta se viinan piru ei helposti anna periksi, kun kerran on saanut valtaansa heikon ihmisen. Kärsiköön sen. Elämä ei muutenkaan ollut helppoa köyhyyden keskellä, kun Oskarikaan ei ollut enää tienaamassa.

Vuodet kuluivat, elämä oli sekavaa. Sellaisissa olosuhteissa ei ollut paljoa odotettavissa, mikä lapsesta tulisi, ei muuta kuin varpusen kesyttäjä. Mutta elämä tuo ihmeitä tullessaan. Poika kehittyi ja kasvoi aivan toisenlaiseksi kuin oli saattanut kuvitella.

5. LUKU: KOLMEN AVIO-LIITON AINOA LAPSI

Äitinsä haudalla kysyi pieni Wilhelm:
"Tuleeko se täti asumaan meille nyt?"
Vastausta ei kuulunut, mutta Miinan toimiessa puhemiehenä kuvioihin tuli Ebba-Stiina, tempe-

ramentikas taiteilijasielu, joka teki kipsistä pieniä kerubeja ja enkeleitä. Erään kerran Calle lähti kaupunkiin myyntireissulle. Hän viipyi siellä kokonaisen viikon viettäen aikaa erilaisissa baareissa kavereidensa kanssa. Oli tienannut rahaa niistä veistoksista ja unohtanut Ebba-Stiinan ja Wilhelmin olemassaolon. Tuli katuvaisena kotiin. Ebba-Stiina aavisti kaiken, koska tiesi miehensä heikkoudet. Hän laittoi pienen pojan vastaanottamaan isäänsä asemalle, minne poika osasi omin neuvoin mennä. Sieltähän se isä ilmestyi hiukkasen horjuen, mutta voimissaan. Tultuaan kotikulmille mökin viertä poika katsahti ikkunaan päin.

"Katso isä, täti on pöydällä."

Ebba-Stiina oli kietonut köyden kaulaansa. Calle vain tuumasi: mikähän näytelmä on meneillään. Ei ainakaan Macbeth, jota Ebba-Stiina oli lukenut Wilhelmille eilen illalla. Ebba-Stiina rakasti näytelmiä, lavasti niitä mieleisekseen. Osoitti mieltä Callelle, jospa hän niistä oppisi jotain kotiintulosta rahojen kanssa eikä aina tuhlaisi kaikkia. Nyt hän kokeili Hamletia. Ollako vai eikö olla, siinä pulma. "Ollako vai, taidanpa olla siinä vielä vähän aikaa. Ehkä se Calle joskus tajuaa, mitä tekee."

Veti narun kaulasta ja hyppäsi pois jakkaralta, minkä oli asettanut jalkojen alle. Poika jäi vielä ulos, koska arvasi riidan alkavan, eikä jaksanut kuunnella Ebba-Stiinan haukkuja isälle, josta kuitenkin tykkäsi.

Miina oli lähtenyt jonkun trokarin kanssa Pohjanmaalle, koska ei tullut toimeen Ebba-Stiinan kanssa. Hänet haettiin oikein autolla. Mies oli tienannut varpusilla, että oli voinut auton ostaa, vaikka se oli harvinaista siihen aikaan. Miina pääsi uudestaan isoon taloon, mistä oli aina unelmoinut, tässä nähdään, että unelmat joskus toteutuvatkin.

Miina lähti eikä palannut enää koskaan. Ei ottanut yhteyttä – ei poikaansa Calleen eikä pojanpoikaansa Wilhelmiin. Hän eli elämäänsä ison talon emäntänä, mihin oli lähtenyt hakemaan tulleen isännän omistamalla autolla. Varpuset olivat vähentyneet, mutta eivät kokonaan kadonneet heidän elämästään. Talo pääsi rappeutumaan siihen malliin, etteivät he pystyneet enää pitämään sitä, vaan joutuivat myymään pois ja muuttamaan jonnekin vuokratiloihin. Isäntä kuoli ensin, joten Miina leskeytyi toistamiseen niin kuin Callekin aikoinaan. Eräänä syksyisenä päivänä Miina lähti suolle karpaloita poimimaan ja sille matkalle katosi.

Vuosien päästä Wilhelm sai kuulla joltakin pohjalaiselta Miinan tarinan. Suolta löydettiin ämpäri melkein täynnä karpaloita, mutta Miinaa ei löydetty. Hänellä taisi olla sama kohtalo kuin Oskarilla. Tämä katosi aaltoihin, Miina hukkui suonsilmään. Ehkä Miina oli ottanut evääkseen varpusen eikä ollut huomannut karpaloiden alla olevaa kosteikkoa. Soilla liikkuessa pitää olla tarkkana, ettei astu niiden houkuttaviin lähteisiin. Kuitenkin Miina sai hautaansa useamman kukkalaitteen kuin rakas miehensä Oskari. Tämä sai tyytyä yhteen seppeleeseen, mutta Miinan katoamispaikassa, josta ämpäri löytyi, kukkii upeasti valkoisenaan suopursu, joka on niin mystinen ja kiehtova kukka.

Näin sai Miinan tarina lopun. Emme tiedä, onko Miinaa ollut edes olemassa muualla kuin jonkun mielikuvituksessa. Siksipä onkin syytä ajatella, että samankaltaiset tarinat voivat johtua ihmisen taustasta ja siitä yhteisöstä, missä syntyy ja kasvaa. On otettava huomioon olosuhteet, mihin luokkaan syntyy, ja annettava ymmärrystä niille, sillä "jokainen ihminen on laulun arvoinen, jokainen elämä on tärkeä". Älkäämme tuomitko niitä, jotka poikkeavat tavanomaisesta.

Wilhelm sai kasvaa vapaasti. Onneksi pojan aivot toimivat oivallisesti. Hän ymmärsi pienestä pitäen huoltajiensa puutteet ja kasvoi omaa tahtia. Wilhelm oppi lukemaan kaupan mainoksista jo ennen koulun alkamista. Koulun alettua hän osasi lukea takertumatta sanoihin ja oppi kirjoittamaan luovasti jo pienenä poikana. Kiinnostui kaikesta uudesta, muun muassa kirjoista, niitä ei kotona ollut, lainaili kirjastosta teoksia, joita isä ei ollut nähnytkään koskaan. Poika otti selvää asioista, joista muut eivät ymmärtäneet mitään.

Calle kuoli, kun Wilhelm oli 12-vuotias. Oli sopiva aika Callen jättää tämä maailma, missä odottivat toisenlaiset haasteet, tuli sotia roppakaupalla, minne hänen ei olisi enää tarvinnut lähteä. Niin jäi poika uudemman kerran orvoksi, mutta Lindan äiti, joka oli palvellut aikoinaan itsensä pääministerin perheessä, otti pojan luokseen kun ei raaskinut antaa lastenkotiin. Nykyään ei 70-vuotias isoäiti enää saisi poikaa huostaansa, mutta ajat ovat muuttuneet. Kieltolakikin peruttiin näihin aikoihin.

Koulunkäynti onneksi kiinnosti, sai hyviä numeroita kokeessa kuin kokeessa. Mummo mielellään pisti puumerkkinsä niin etevän oppilaan todistukseen. Wilhelm vähän häpesi mummonsa olematonta kirjoitustaitoa. Lukea mummo ei myöskään osannut. Wilhelm luki kaiken mikä eteen tuli. Kotona vielä asuessaan Miina-mummo oli tilannut sanomalehdenkin, mikä ei ollut tapana yhteisössä, missä he elivät. Sanomalehti tuli ylivoimaisesti tärkeimmäksi tietolähteeksi. Siitä Wilhelm luki pakinat, sarjakuvat ja uutiset. Halusi tulla toimittajaksi itsekin. Opettaja kävi kotona suosittelemassa, että Wilhelmin pitäisi päästä oikein oppikouluun. Eihän vanhalla isoäidillä varoja ollut kouluttaa. Mutta Wilhelm pääsi kuin pääsikin oppikouluun, osittain mummonsa ansiosta, osittain serkkutyttönsä, joka jo ompeli vieraillekin vaatteita tienaten aina jotain perheensä parhaaksi. Mummon toinen kasvatti oli tullut huolettavaksi toisenkin tyttären kuollessa lentävään keuhkotautiin jo ennen Lindan kuolemaa

Lukion toiselta luokalta poika vietiin rintamalle, kun sattui olemaan ikänsä puolesta kelvollinen sinne jonnekin. Oli 17-vuotias. Kun sitten aikojen päästä poika ei päässyt lomalle tervehtimään hyväntekijäänsä, mummo marssi pääesikuntaan pelkäämättä ketään isoa herraa tai sotaherraa ja vaati pojalle lomaa. Muutaman viikon päästä pääsikin rintamalta lomille.

Poika ei ollut mikään innokas isänmaan ystävä. Keskityksessä, täyden tulituksen keskellä istui puun juurelle lukemaan kirjoja, joita kannatteli toisessa repussa armeijan repun ohessa. Hän ei osannut olla lukematta sielläkään, mistä sitten ryhmänjohtaja kävi hoputtamassa suojaiseen paikkaan, puuhan olisi voinut kaatua päälle. Sodan loputtua hän kävi lukion loppuun sisäoppilaitoksessa, mistä kirjoitti ylioppilaaksi. Sen jälkeen vielä yliopistossa luki Suomen kielen maisteriksi. Valmistumisensa jälkeen hän vietti ensimmäisen vuoden opettajana Savossa nuorikkonsa kanssa, kunnes pika-avioliitto rakoili pahasti erilaisten luonteiden johdosta. Taisivat Miinan ja Callen elämäntavat jatkua seuraavassa sukupolvessa, lukija päättäköön sen. Viiden riitaisan aviovuoden jälkeen Wilhelm tapasi uuden tytön, jota kosi ensimmäisenä iltana.

"Ethän voi mennä naimisiin, kun olet jo", vastasi tyttö.

"Mutta kun minä eroan. Meillä on sopimus, että annetaan ero heti, jos jompikumpi tapaa uuden kokelaan."

Nyt sattui niin, että Wilhelm löysi ensimmäiseksi. Se ei kuitenkaan tyydyttänyt vaimoa. Tyttö sai haasteen poliisilta tulla raastupaan todistajaksi huorinteosta, niin kuin silloinen laki määräsi. Vaimo oli nimittäin ajatellut, ettei tyttö kuitenkaan kehtaisi tulla. Siellä istui kolme tuomaria rinnakkain, katseet edessä oleviin papereihin. Päätuomari kysyi tytöltä:

"Kuka oli tuo toinen nainen?"

"Minä", vastasi tyttö.

Kaikkien kolmen tuomarin katseet kohosivat. Taisi olla erikoinen tapaus. Sitten nolon näköisinä käänsivät kasvonsa kohti papereita. Siinä oli se oikeudenkäynti aviorikoksesta. Nykyään pääsee puhelinsoitolla, ajat muuttuvat ja lait.

Vielä yksi anekdootti Wilhelmin suhteesta rahaan: Olivat vaimonsa kanssa käymässä entisessä Leningradissa ja asuivat hotellissa. Iltapäivällä vaimo sanoi lähtevänsä ostoksille tavarataloon, minne pääsi helposti lähellä olevalta raitiotiepysäkiltä. Wilhelm sen sijaan sanoi jäävänsä huoneeseen mukaan otettujen kirjojen pariin. Hänellä oli aina kirja mukana, missä oli. Vaimo viipyi tovin, tuli hotelliin, tapasi miehensä istuvan tuloaulassa sanomalehti edessä. Pöydässä istui joku venäläinen naikkonen, johon

Wilhelm ei reagoinut mitenkään. Kun vastaanotto-
virkailija huomasi tilanteen, hän haki naisen pois.
Wilhelm tunnusti olleensa kuitenkin kaupungil-
la, kun aika hotellihuoneessa oli käynyt pitkäksi.
Kertoi jonkun miehen tulleen kysymään, voisiko
hän vaihtaa markkoja rupliksi. Tietysti hän suos-
tui, vaikka näki viereisellä ratikkapysäkillä naisen
pudistavan päätään. Se ei estänyt häntä vaihtamas-
ta rahoja. Illalla sitten huoneessa hän katsoi, minkä
verran ruplia oli saanut. Lompakossa ei ollut ruplan
ruplaa, vaan kaksisataa markkaa oli poissa. Vaimo
tietenkin kauhistui noin suuresta summasta, kun
kotona ei koskaan ollut tarpeeksi rahaa. Mies vain
kehui huijarin taitoa: Olipa taitava, oikein ihastut-
tavan taitava huijari. Vei häneltä rahat, eikä jättänyt
yhtään ruplaa, kyllä ihailen taitavuutta. Vaimo tuli
taas huomaamaan, että miehensä rahankäyttötaito
oli aivan nolla. Olisi joskus antanut rahaa vaimol-
lekin, eikä tuhlannut huijareille.

LAPIN SOTA

I

Juna kulki hitaasti madellen pitkin rautatietä, joka oli kotimme välittömässä läheisyydessä. Ensin emme hoksanneet, mitä junia ne olivat, kunnes kuulimme, että saksalaiset kuljettavat aseita ja miehistöä Ruotsin kautta Suomeen. Lapsia kun olimme, olimme uteliaita ja innostuneita, kun meidän kylämme ohi kulki niin erikoisia junia. Paljoahan meillä ei tapahtunut; laestadiuslaisten seurat olivat tapahtumia ja niihin mentiin yleensä vanhempien toivomuksesta. Ne olivat mielestäni aika pelottavia. Saarnamiehet puhuivat Jeesuksen verestä ja synnintunnosta. Syntisiä kehotettiin anteeksipyyntöön ja ne, jotka tunsivat itsensä syntiseksi, tulivat niin sanotusti liikutuksiin. Kun joku alkoi hyppiä aivan kuin transsissa, me lapset juoksimme portaat tömisten ulos. Se ei ollut tietenkään uskovaisten mieleen, sai moitteita jälkeen päin. Isoisäni oli maallikkosaarnaaja ja hänellä oli erikoinen taito saada varsinkin naisihmiset liikkeelle. Oli kyllä joukossa muutama mieskin, synnintunnossaan. Mutta nyt oli puhe saksalaisten tulosta Suomeen ja myöhemmin kyläämme vuosiksi eteenpäin.

Nämä junat siis kulkivat kotimme läheisyydessä, rata oli noin sadan metrin päässä. Opimme tuntemaan aikataulut, joten saatoimme olla radanvarrella odottamassa ohimenoa. Vaunut olivat avonaisia, niissä pari sotilasta aina vaunua kohti. Sotilaat heittelivät karamelleja lapsille, ja sehän sai koko kylän kakarat liikkeelle. Oli kesä 1941; aika lämmin, niinpä uimme paljon joessa, siinä oli meillä hyvä hiekkaranta. Sanoimme sitä Jussinsaareksi. Tulvavesien aikaan piti kahlata monien karien yli päästäkseen rantaan, mutta keskikesällä vesien laskettua pääsi kuivin jaloin karien yli. Joskus uimassa ollessamme kuulimme saksanjunan tulon sillalla, silloin tuli kiire pukea päälle ja juosta ylikäytävälle. Sotilaat heittelivät karamellipatukoita, joita sitten sukelsimme nokkoskasoista etsimään, eivätkä pienet kirvelyt haitanneet. Sitten keksimme vähän hyvitellä heitä. Poimimme kukkasia illalla valmiiksi, sidoimme pieniä kimppuja vesiämpäriin odottamaan varhaista aamua, jolloin ensimmäinen juna tuli. Serkkumme oli oppikoulussa Torniossa, jossa luki muun muassa saksaa, hän osasi neuvoa miten kirjoitetaan "heil Hitler", ja tällä tervehdyksellä sitten täydennettiin kiitokset karamellien saannista. Mistään natsismista emme tienneet tuon taivaallista, pääasia, että karamellien tulo oli taattu. Vasta sodan päätyttyä Nürnbergin oikeudenkäynnin yhteydessä tulimme tietämään, mitä natsismi oli. Varmaan suhtautumisemme saksalaisiin olisi ollut toisenlainen.

Saksalaisia alettiin sijoittaa kyläämme. Miehistö majoitettiin Nuorisoseuran- ja Työväentaloihin, alempi upseeristo taloihin, joissa vain oli tilaa. Ylin upseeristo asui niin sanotussa pikku-Berliinissä Torniossa. Se oli parakkikylä maaseudun puolella. Parakit rivissä ja kadut ympärillä. Sinne oli pääsy kielletty ja sitä vartioitiin. Parakkien ikkunaluukut oli koristeltu edelweiss-kukkamaalauksin ja kesinä sotilaat kasvattivat ikkunan alla olevissa penkeissä salaattia. Ensimmäisen kerran näin tuolloin salaattia kasvatettavan ja sitä syötävän.

Meillä ei asunut ketään saksalaisia, mutta sauna annettiin tai määrättiin heidän käytettäväkseen. Meillä oli omasta takaa niin suuri perhe, ettei mahtunut enää vieraita majoittumaan. Tätä saunaa sitten lämmitettiin miltei päivittäin, koska koko miehistön piti peseytyä. Aamulla varhain heitä tuli pareittain lämmityspuuhiin, limppu kainalossa, toisessa viini- tai konjakkipullo. Isällekin tarjosivat pulloja, mutta vakaumuksensa vuoksi hän ei ottanut koskaan vastaan. Tästä vanhimmat pojat olivat pahoillaan, olisivat mielellään nauttineet hyvistä juomista sodan jälkeen. Pojathan olivat rintamalla, vanhempi haavoittui myöhemmin Sallassa pahasti ja joutui viettämään aikaa eri sairaaloissa sodan loppuun asti. Meillä olisi ollut aikamoinen patteristo viinoja, jos kaikki olisi otettu vastaan vuosien varrella.

Saunanlämmittäjistä tuli meille hyviä ystäviä. He tulivat nimittäin aina meille sisälle lämmityksen ajaksi. Meitä oli 12 lasta, joista viisi vielä aika pieniä, nuorin viisivuotias. Leikimme seuraleikkejä yhdessä, piilotimme pyykkipoikaa, jossa nuorin teki aina vähän vilppiä kurkistellen, mihin piilotetaan. "Ulla kuken, Ulla kuken", saksalaiset närkästyivät. Oikeastaan he olivat itävaltalaisia, jotkut Wienistä, Salzburgista ja muista paikoista. Nuoria kun olivat, kaipasivat varmaan perheitään ja siksi olivat niin paljon meidän kanssamme. Opimme saksankielen, varsinkin nuorimmat puhuivat jo sodan loppupuolella sujuvasti saksaa. Lauloimme paljon yhdessä, myöskin virsiä, varsinkin jouluna yhteinen Jouluyö, juhlayö ja Enkeli taivaan olivat tuttuja myös heille. Myös Lili Marlenet, Erikat ynnä muut sota-ajan laulut kävivät meille tutuiksi.

Vaikka muualla oli pula kaikesta, ruuasta ja vaatteista, meillä oli ruokaa. Saksalaiset toivat juustoja ja suklaata; vasta jälkeenpäin tajusimme, että ne kaikki oli takavarikoitu miehitetyistä maista. Kuusikin oli koristeltu saksalaisittain, he toivat koristeet kotoa saamistaan lahjoista. Meidän kuusesta ei enää erottanut kuusta ollenkaan, niin paljon koristeita siinä oli. Kerran saimme kokonaisen säkillisen karamelleja, ja talikynttilöitä oli valtavasti. He halusivat jakaa kaikki kanssamme, huomasivat tietenkin köyhyytemme ja suuren lapsilauman.

Äiti tuppasi sotilaisiin hermostumaan, kun eivät lähteneet ajoissa pois. Miltei säännöllisesti he olivat puoleenyöhön. Äidin olisi pitänyt päästä nukkumaan ajoissa, aamulla oli varhainen herätys navettaan. "Alkakaa jo kömpiä", äiti sanoi ja miehet matkivat "Alkakaa jo pömpiä", ymmärtämättä mitään sen tarkoituksesta. Saunaa he eivät oppineet lämmittämään oikein, isän opetuksesta huolimatta. Eivät koskaan sulkeneet peltejä, vaikkei siihen aikaan vielä ollut jatkuvalämmitteisiä saunoja. Mutta puita riitti, Saksan armeijalla oli varaa ostaa puita vielä silloin. Siellä saunan seinässä on vieläkin kaiverretut nimet: Peter Hörman, Josef Neumeister ja muita. Jättivät muiston itsestään saunan seinään, tiedä vaikka olisi ainoa muisto heistä. Emme tiedä, miten heidän kävi sodassa, hehän olivat odottamassa siirtoa rintamalle.

Yhden jouluaaton muistan, kun upseerit olivat käymässä, ensin saunassa, sitten meillä kahvilla. Söivät torttuja ja piparkakkuja, joista erityisesti pitivät. (Yksi upseereista nimeltään Anton Zetiv, Wienistä, kertoi, että hänellä oli siellä kahvila.) Joulupukki tuli susiturkki yllään, turkkiin oli kiinnitetty pieni tiuku hännänpäähän. Naapurin poika oli pukkina ja osasi olla. Oli riemukasta katsoa, kun sotilaat näkivät ensimmäisen kerran elämässään joulupukin. Muistan vieläkin sitä naurua, minkä pukki sai aikaan.

Tähän samaan joulun aikaan veljeni vihittiin avioliittoon. Hän pääsi sotaväestä sopivasti jouluksi, ja vihkipäiväksi oli sovittu tapaninpäivä, vuosi oli -41. Torniosta oli tilattu ajoissa taksi tai pirssi niin kuin sitä silloin nimitettiin. Kuski kuitenkin soitti paria päivää aikaisemmin, että auto olikin mennyt rikki, eikä pääse tulemaan. Ongelman kuuli saksalainen upseeri nimeltään Hans Waschl. Hän luovutti oman autonsa kuljettajineen vihkireissulle ja niin pääsivät nuoret hienolla Mersulla pappilaan, jonne oli matkaa noin kahdeksan kilometriä. Lyhyen loman jälkeen veljeni tähti rintamalle vapaaehtoisena, niin kuin melkein kaikki silloin tekivät. Mennessään rautatiepysäkille, josta matka alkoi, hän poikkesi saksalaisten majapaikkaan Nuorisoseuran talolle. Siellä hänen reppunsa täytettiin erilaisilla pulloilla, ja niin koko vaunullinen rintamalle menijöitä sai nauttia näistä ilmaisista juomista. Hauskaa oli menomatkalla, mutta jatko olikin sitten jo eri asia.

Koulut oli lakkautettu toistaiseksi. Varsinainen koulu oli sairaalana ja me kouluikäiset kävimme sitä vanhassa kylmässä rakennuksessa. Takit päällä ja lapaset kädessä istuimme tunnilla. Liakan kylässä oli myös saksalaisten majoituspaikka, siellä olivat ainakin hevosmiehet. Koulusta tullessa kiipeilimme hevosten kyytiin, näin saimme ajaa kannoilla. Samoin teimme heidän kuorma-autojensa kanssa, kiipeilimme auton perässä roikkuen. Kerran sattui paha haaveri, kun takaluukku irtosi. Serkkuni Ritva oli roikkumassa takana, satutti päänsä, siihen tuli ammottava haava. Siitä seurasi sairaalamatka ja lomapäiviä. Ritva kulki pitkän aikaa pää kääreessä koulussa. Sen jälkeen meiltä kiellettiin moinen urheilu. Saksalaisilla oli aika riesa meistä kakaroista, eivät kuitenkaan suuttuneet.

Eläinlääkäreitä oli myös saksalaisten joukoissa. Kerran meidän lehmämme oli syönyt liian suuren perunan ja se juuttui kurkkuun. Lehmä oli henkitoreissaan, kun joku saunanlämmittäjistä kutsui saksalaisen eläinlääkärin paikalle. Hän ruiskutti perunan sohjoksi kurkussa ja niin lehmä pelastui. Sanottiin, että suomalaisilla lääkäreillä ei olisi ollut vielä sellaista keinoa.

Kemissä oli sotasairaala, jossa saksalaisia haavoittuneita hoidettiin. Siellä oli muun muassa tuttaviamme, jotka olivat joutuneet rintamalle. Kaksi nuorinta sisartamme kävivät näitä tervehtimässä. Siellä he herättivät huomiota muiden sotilaiden keskuudessa hyvällä saksan kielen taidollaan. Olivat vasta kuuden ja seitsemän vanhoja. "Montako pötköä sait", nuorempi kysyi, kun lähtivät pois. Tarkoitti karamelleja, niiden toivossa varmaan menivätkin.

Ajan henki oli sellainen, oltiin mielissään, kun saksalaiset auttoivat Suomea etenemään. Monet uhosivat voitosta. Vaan oli yksi joukossa muista, naapurin Heikki, joka oli pesunkestävä kommunisti. Heikki vain heilutti jalkaansa ja tuumasi: "Aikahan tuon näyttää. Ei oo vielä ryssää kukaan voittanut". Joitakin se ärsytti ja tekivät kaikenlaista jekkua Heikille, kerrankin laittoivat punaisen lipun hänen mökkinsä katolle. Mutta Heikki oli jo vanha ja taisi kertoa juttuja. Oli kuulemma hiihtäen ajanut jäniksen kiinni. "Minä oon tanssinut keisarille ja valilla valittu". Nämä olivat Heikin valtteja keskusteluissa, joita käytiin Maijun tuvassa joka ikinen ilta. Sinne kerääntyi kaikki kynnelle kykenevät kuuntelemaan radiota, jonka Maijun tytär oli tuonut Kemistä tullessaan kotiinsa sodan ajaksi.

Tämä samainen Heikki asui yhdessä Hiltansa kanssa oikein pienessä mökissä, missä seinät oli paperoitu sanomalehdillä. He olivat tosi köyhiä, vaikka olikin yksi lehmä. Heinät kerättiin tienvarsilta, ja joskus Heikki kävi jonkun heinäladolla, tarpeeseen otti. "Siellä se Vaasan höyrymylly menee", sanottiin Heikistä, kun hän lauantaisin asteli naapurin saunaan. Itsellä heillä ei ollut saunaa. Paita oli tehty vehnäjauhosäkistä, jotka silloin olivat kankaisia, myllyn mainos ei ollut lähtenyt pesussa pois. Koskaan he eivät valittaneet, vaan kehuivat olojansa. "Onkos tämä nyt köyhän näköistä, kun on kahessa astiassa kermaakin", sanoi Heikki kahvia tarjotessa. Hilta oli myös topakka; jos joku valitteli köyhyyttään, siihen Hilta: "mee marikkoon, siellä minäkin oon ollu". Hän marjasti ahkerasti ja myi niitä, samoin hän teki hyviä varpuluutia ja vispilöitä myyntiin.

Maijun tuvassa siis kävi kuuntelemassa kemiläistä radiota melkein koko kylän väki joka päivä ja ilta. Uutisista kuulimme, kuinka monta tykkiä ja hyökkäysvaunua ja muita aseita oli saatu sotasaaliiksi ja kuinka monta vinkkelitossua oli saatu vangiksi. Näitä sitten tultiin innoissamme kertomaan kotiin. Suunnistimme jo aamuvarhain uutisille, eikä sieltä koskaan ajettu pois. Joskus kuunneltiin Petroskoin radiota illalla myöhään, siellä Tiltu paasasi Tannerin verikoirista ynnä muusta. Koska rintama oli kaukana, emme oikeastaan tienneet sodasta mitään, ennenkuin vasta sitten, kun alettiin ajaa saksalaisia pois.

Saksalaisilla sotilailla oli tapana aina tehdä se natsitervehdys. Tulivatpa vaikka kaupungissa vastaan, aina kopauttivat kannat yhteen, käsi ylös ja heil Hitler. Kengät kun olivat niitä alppikenkiä, ne tosiaan kopsahtivat. Meistä se oli aika hassua ja joskus pilailimme Hitleristä, vieläkö se hullu Hitler siellä huutaa. Näin he eivät koskaan uskaltaneet sanoa, paitsi yksi, joka oli yksin meillä käymässä. Nuorin sisareni ärsytti häntä jollakin tavalla ja sotilas sai aivan kuin raivokohtauksen. Hän oli punainen kiukusta ja haukkui, että se hullu Hitler pitää viattomia ihmisiä vieraalla maalla ja tapattaa Saksan kansaa. Olimme vaiti tästä, ei hiiskahdustakaan muille sotilaille. Ymmärsimme tämän kiukun ja niin hän rauhoittui ja lähti pois.

Me siis pidimme karamelleissa kylän kakarat, ja jaoimme myös juustoja muillekin. Äiti ja isä eivät pitäneet koko juustoista eivätkä limpuista. Meille ne kyllä maistuivat, olimmehan kasvavassa iässä. Muissa perheissä he eivät kyläilleet, muut eivät oppineet saksaa. Olimme kai vähän erilaisia kuin muut kyläläiset. Isä oli tottunut jo venäläisiin keisarin aikana. Heillä oli ollut kotona kaksi rakennusta, jossa toisessa asui venäläisiä upseeriperheitä. Oli kai silloin ollut sama systeemi, että piti antaa asunto vieraille. Isä osasi vähän venäjää, oli poikasena oppinut heiltä, kun samassa pihassa asuivat. Sottaisia ne olivat olleet, isä kertoi, että tyhjensivät likasangon lattian alla olevaan kellariin.

Siinä kai syy, että suhtaudumme vieraaseen yhtälailla kuin omiin, enkä minäkään erota mustaa valkoisesta. Ihmisiä kaikki. Isä oli juuriltaan vähän ranskalainen. Sanotaan, että tutkimusmatkallaan Pohjois-Suomeen ja Ruotsiin, vallonit olisivat ystävystyneet suvun naisiin ja ainahan tuloksia tulee, oli se minkämaalainen hyvänsä. Perheen tuttavalla oli lapsi venäläisen upseerin kanssa. Tämä lapsi oli mm. Metsähallituksen pääjohtajana yhden tovin. Saksalaisten lapsiakin on paljon, tunnettujakin.

Kylään tuli myös inkeriläisiä, heidät sijoitettiin kylmään asumattomaan taloon. Samaan, missä olimme käyneet koulua väliaikaisesti. Se oli iso hatara rakennus. Tietenkin me kylän kakarat menimme ensimmäisenä heitä tapaamaan. Perhe oli Moilasia Hatsinasta. Äiti ja lapsia. Yksi poika oli nimeltään Juho, joka tuli samalle luokalle meidän kanssa. Hän osasi venäjää, yritti opettaa meitäkin sanomaan venäjäksi hyvää päivää eli "dobra hyja". Myöhemmin tulimme tietämään, mitä se oikeasti tarkoittaa, emmekä enää sanoneet ihmisille hyvää päivää venäjäksi. Veimme nämäkin lapset karamellien hakuun työväentalolle, missä pikku Fransi, niinkuin häntä kutsuimme, vahti saniteettivarastoa. Siellä oli myös ammuksia, joten hän ei päästänyt meitä sisälle asti, vaan oli jo ovella vastassa karamelleineen. Nämä inkeriläiset lähetettiin myöhemmin takaisin ja nyt tiedämme, mihin he joutuivat, vangeiksi Venäjälle.

Loppuaikoina saksalaisilla ei huolto enää pelannut niin hyvin kuin ensi vuosina. Ruokaakaan ei ollut tarpeeksi, koska he vaihtoivat konjakkia lihaan isänniltä. Kerrotaan, että isännät tekivät kauppaa itsetehdyllä kielellä, "sinä minulle konjakkia, minä sinulle röh röh", ja niin kaupat syntyivät ja molemmat olivat tyytyväisiä. Vihdoin saksalaiset vietiin pois majoituspaikoistaan, jäljelle jäivät vain siltavahdit. Mihin heidät vietiin, en tiedä. Ei yksikään ole tullut käymään myöhemmin sodan jälkeen. Olisi mielenkiintoista tietää, onko ketään hengissä säilynyt ja palannut koteihinsa Itävaltaan ja Saksaan.

II

-Tyttäret, tulkaa kattomhan, sotihlaita pukkaa pyöriä rattaa pitkin, niitä on paljon. Mithän ne meinaa, menhän perhän kysyhmän.

Juostiin perään ja saatiin tietää.

-Voi hyvä luoja, onko täällä siviilit paikalla? Hakekaa nopeasti suojaa, juoskaa vaikka metsään, yritämme vallata tuon sillan.

Näin alkoi Lapin sota Raumon kylän kohdalla sunnuntaiaamupäivällä lokakuun ensimmäisenä 1944. Meitä oli kuusi tytärtä kotona sillä hetkellä, pukeutuneina pyhävaatteisiin niin kuin kutsuimme vähän parempia vaatteita. Niitä tosiaan käytettiin vain sunnuntaisin, että päivä erottui arjesta. Näissä pyhävaatteissa jouduimme lähtemään äkkiä pois sodan jaloista. Yksi ilman sukkia, ei ehtinyt saada jalkaan.

Raumon kylä sijaitsee Tornion ja Kemin välissä, Tornioon viisi kilometriä ja Kemiin noin kolmekymmentä. Raumon ja Tornion välillä on kolme siltaa, Raumonjoen, Keroputaan ja sitten se pitkä Tornion silta. Keroputaan silta on ainoastaan rautatiesilta, kun taas Raumon sillalla kulkevat junat, autot ja jalankulkijat. Nyt siinäkin on uusi silta, samoin Torniossa. Raumonjoen silta oli saksalaisten miinoittama ja he vartioivat sitä. Vartijat asuivat ratavartijan pienessä talossa sillan kupeessa.

Äiti juoksi kotiin naapurista, missä oli kuuntelemassa jumalanpalvelusta, kotona kun ei ollut radiota. Monessakaan talossa ei radiota ollut tuohon aikaan, meillekin tuli vasta sodan jälkeen. Oikeastaan laestadiolaiset eivät sitä oikein hyväksyneetkään, vaikka äiti kävikin naapurissa kuuntelemassa.

Isä oli lähtenyt johonkin tehtävään Kivirannalle kotirintamalla. Otimme kai jotain lämmintä ylle ja juoksimme ensin Mäkitaloon. Ammunta oli kuitenkin jo alkanut, luodit vinkuivat sinne tänne. Mäkitalon Viljo-vauva nukkui kehdossa ikkunan alla. Luoti tuli ikkunasta sisään ja lensi kehdon yli ja ulos toisesta ikkunasta. Luoti jätti pienen reiän ikkunaan rikkomatta sitä muuten. Räiskinä oli korvia särkevä, saksalaiset saivat hälytettyä asejunan radalle ja alkoivat tulittaa raskailla aseilla. Suomalaiset olivat varustautuneet ainoastaan konepistoolein ja joutuivat perääntymään sillalta.

Saksalaisilla oli asevarasto ns. pikku-Berliinissä Torniossa ja helposti saatavissa. Tästä alkoi viisi päivää kestänyt sota Raumosta, vuoroin vallaten, vuoroin perääntyen.

Meidän siviilien oli jatkettava pakoa etulinjoilta, mihin kylläkin olimme hetken pakotettuja jäämään taistelujen edetessä niin nopeasti. Mäkitalosta juoksimme metsätietä pitkin Konun Kaarinan ja Pekan taloon. Siellä kyyhötimme ison leivinuunin kupeessa kaikki lähitaloista tulleet lapset, vanhukset, kaiken ikäiset. Pelkäsimme kuollaksemme. Konekiväärit ja -pistoolit laukoivat sarjoja taukoamatta. Niistä lähtee kaikkein hermostuttavin rätinä ja räiske; tykki- ja kranaattituli on mietoa niiden rinnalla. Miten ihmeessä sotilaat ovat jaksaneet olla rintamalla vuosikausia tulematta hulluiksi.

Siinä uunin kupeessa pelätessä aina joku laukaisi tilanteen. Maiju-vanhus, punaleski, niin kuin häntä nimitettiin, kuitenkin kylän henkinen tuki ja paras ihminen, jonka koskaan olen tavannut. Nyt Maijukin tuntui menettäneen otteensa, kun pyöri ympäri hokien: "mihinkäs me menemä, mihinkäs me menemä, ko joka puolela ammuthan". Siihen toinen vanhus, Hilta, joka oli kylän originelli: "Jumala kurittaapi Suomen kansaa", hyvin hartaalla äänellä, sitten havahtuu: "mitä helvettiä se meitä kurittaa". Nämä lauseet toivat hetkeksi hilpeyttä ja koomisuutta tilanteeseen, joka oli jo tullut niin kriittiseksi, että oli lähdettävä eteenpäin.

Suuntasimme kulkumme joen rantaa pitkin Kosken taloon, joka oli noin kilometrin päässä edellisestä, välillä kyyristelimme Partasen kellarissa. Kosken taloon oli järjestetty ensiapuasema, sinne äitikin jäi hoitamaan haavoittuneita. Osa naisista jäi sidontapaikalle, mutta meidän muiden oli jatkettava matkaa Närhilän taloon, jossa saimme lihavelliä syödäksemme, sitä oli keitetty valtava kattilallinen. Jatkoimme Alaraumon kylän läpi ohittaen tutut talot, Mikonjuntin, koulun ja niin edelleen. Ylitimme Bertan puron sillan ja tulimme Korkean taloon. Talo oli viimeinen Pohjanlahden poukamassa, mistä meri alkaa. Meillä oli kesämaja lähettyvillä. Karja vietiin aina kesäksi laitumelle, siellä oli pieni rakennus asumista varten ja navetat lehmille. Sinne mentiin iltaisin lypsylle, yövyttiin majassa ja taas aamulypsyn jälkeen tuotiin maito kotiin. Nyt oli kuitenkin karja tuotu kotinavettoihin, eikä meidän väki yöpynytkään siellä, vaan tuotiin maito jo iltaisin kotiin. Näitä kesämajoja oli jokaisella taloudella, kylläkin eri paikoissa. Meillä oli yhteinen laidun tätini perheen kanssa.

Vietimme Korkean talossa sen loppupäivän ja yön kuunnellen sodan melskettä ja pauhinaa. Onneksi ammukset eivät ylettyneet sinne asti. Äiti oli tullut myös sinne katsomaan, olimmeko kaikki tallella. Pienille lapsille ja vanhuksille oli kyhätty nukkumapaikkoja. Isommat saivat valvoa, viettää aikaansa miten parhaiten kykenivät. Minä kuuluin noiden valvovien joukkoon. Olin 13-vuotias tuolloin. Sisariani oli 8-vuotiaasta 17 ikään asti. Vaikka kuinka väsytti, ei auttanut muu kuin pysyä hereillä.

Yö valkeni aamuksi, kello oli neljä aamuyöstä. Vietin ajan naapurin Eilan kanssa, hän oli paria vuotta vanhempi, mutta olimme erottamattomat kaverukset. Eila oli jäänyt orvoksi äidistään aika pienenä. Äiti kuoli viidennen lapsen synnytyksessä, samoin kuin lapsi. Eilan vanhin veli oli vielä rintamalta kotiuttamatta, yksi veli kaatui rintamalla ja nuorin oli sotalapsena Ruotsissa. Isästä en muista, missä oli, ei kotona ainakaan. Asuin miltei Eilan kaverina, ettei hänen tarvinnut yksin olla. Muistaakseni heillä oli siellä vanhempi naishenkilö, joka hoiti lehmät ja teki kotiaskareita.

Ammunta tuntui loppuneen, koska oli aivan hiljaista. Katsoimme parhaaksi lähteä koteihimme katsomaan, minkälaisessa kunnossa ne olivat. Lehmät olivat jääneet navettoihin, ne piti laskea vapaaksi. Kuolleita eläimiä on vaikea raahata ulos, joten ne määrättiin laskettavaksi irti. Lähdettiin aamuhämärissä kävelemään, väistelimme kuralätäköitä tiellä, sillä oli satanut koko edellisen päivän. Lätäköt olivat jääriitteessä ja meillä oli kehnot kengät jaloissa, niitä ei ollut varaa kastella. Muutama valoraketti näkyi taivaalla, muuten oli aivan hiljaista. Niistä emme kuitenkaan piitanneet, etenimme hitaasti aina välillä kuunnellen oliko tulitauko todellinen.

Tulimme Eilan kotipihaan, seinissä oli ammuksien reikiä, mutta rakennukset olivat ehjiä. Eila lypsi lehmät, minä autoin muutoin. Laskimme eläimet yksitellen ulos, olihan siellä vielä kuuraista ruohoa laitumella. Siivotessamme navettaa ajaen sonnat luukusta ulos kuulimme laitumelta avunhuutoja. Riensimme ääntä kohti ja löysimme kaksi suomalaista sotilasta ojanpohjalta. Ensimmäisenä oli jalkaan haavoittunut, hän kertoi raahautuneensa ojanpohjalle, etteivät saksalaiset huomaisi häntä; saksalaiset olivat juosseet melkein hänen ylitseen.

Äitini oli huomannut poistumisemme ja lähtenyt perään, hän tuli paikalle sopivasti. Äiti etsi ensiapumiehet, jotka olivat lähimetsässä valmiusasemissa. Toinen löytyneistä sotilaista oli haavoittunut vakavasti.

Tämän kokemuksen jälkeen tunsimme tyytyväisyyttä siitä, että lähdimme varhain liikkeelle, tunsimme mielihyvä, että saimme pelastetuksi ainakin kaksi sotilasta paleltumiskuolemalta. Ojanpohja oli jo jäätynyt eikä siinä kauan olisi voinut pysya sulana. Oliko Sallimus matkassa?

Eila jäi vielä kotiin, kun ei sotaa tuntunut olevan, äiti taas lähti meidän kotiimme, siellä myös lehmät piti lypsää ja päästää ulos. Minä sieppasin polkupyörän Mäkitalon seinustalta ja lähdin polkemaaan sillalle. Väistelin tiellä lojuvia ammuksia. Halusin tietää, miten oli käynyt Aloisille, joka oli vartiovuorossa sillalla. Hän oli edellisenä iltana meillä maitoa ostamassa. Hän piti maidosta ja haki sitä joka ilta. Kuin kohtaloon uskoen hän kertoi menettäneensä sodassa kaikki omaisensa, jonkun Saksan pommituksissa, jonkun rintamalla. "Jos sota alkaa suomalaisia vastaan, ei ole mitään väliä, elänkö vai kuolen."

Tulin sillalle, ammuksia oli joka puolella ja kiskojen välissä kaatunut saksalainen. Se oli Alois Gutterna. Kypärä vieressä puolillaan verta, oli osunut päähän. Siinä oli Alois, eilen illalla elävänä, nyt kuolleena. Aivan kuin teurastuksen jäljiltä, verikin otettu talteen. Lähdin äkkiä sillalta, siellä oli muitakin kaatuneita saksalaisia, en tuntenut muita. Sillasta oli käyty ankara taistelu, sen näki joen punertavasta vedestä.

Tulin Kyöstäjälle, jossa oli sidontapaikka. Siellä olivat vanhemmat sisareni hoitamassa haavoittuneita. Astuin pirttiin, lattia oli täynnä haavoittuneita, enimmäkseen saksalaisia. Kuulin vain vaikerointia, kunnes huomasin suomalaisen vänrikin lastoittamassa jalkaa. "Onpas Jukkolan Eevan näköinen sotilas", sanoin tarkoittaen sidottavaa. "Miehän se olenki", sanoi Eeva. Hän oli ollut menossa kirkkoon polkupyörällä tietämättä sodasta mitään. Hänen tullessaan sillalle johtavalle mäelle osui kranaatinsirpale repien miltei reiden irti.

Vittikon Eevertti kaatui pellolle ja saman aamupäivän kuluessa moni muu siviili koki tämän sodan viimeisenä. Tuoman talon keittiön pöydälle lensi kranaatti surmaten heti talon isännän ja haavoittaen emäntää ja tytärtä. He olivat kaikessa rauhassa istuneet navettatöiltä tultuaan kahvipöytään, kun kranaatti osui. Emäntä haavoittui vatsaan pahasti, samoin tytär. Heidät kiidätettiin Tornion sairaalaan ja siellä kerrotaan emännän sanoneen estellen tutkivalle lääkärille: "Ei kukhan muu ko Juho ole nostanu minun paianhelmaa". En tiedä, pitääkö paikkansa, siihen aikaan kaikki keksivät jotain hassua, lieventääkseen kaikkea murhetta. Nämä naiset siirrettiin Ruotsiin, Uumajaan sairaalaan, jossa emäntä menehtyi. Tytär pääsi pois ja eli vielä vuosia sodan jälkeen. Tämä vanha pariskunta oli ystäväni Eilan isovanhemmat. Näin Eilalta meni sekin turva.

Silloin taistelun alkaessa yksi sisareni ja naapurin Elle-tytär olivat menneet meidän kellariin suojaan, kun eivät muutakaan paikkaa keksineet. Se oli katettu maakuoppa, siellä säilytettiin perunoita talven yli. Saksalaiset ajoivat pihaan moottoripyörillä konepistoolit ojossa. "Onko täällä suomalaisia sotilaita?" Tytöt vastasivat saksaksi: "Ei ole kuin kaksi tyttöä". He saivat rauhassa tulla ulos ja lähteä Kyöstäjälle ensiaputehtäviin. Ohittaessaan Vallolan talon he kuulivat avunhuutoja. Aili ja isä Janne olivat hätäännyksissään menneet tuvan lattian alla olevaan kellariin ja sulkeneet luukun mennessään. Tykinammus oli osunut leivinuuniin ja hajoittanut sen kellarinluukun päälle, eivätkä he päässeet ulos sieltä. Aili oli hivuttautunut kapeaa ränniä pitkin, sentti sentiltä edeten kohti ulkoseinää ja päässyt niin pitkälle, että huuto kuultiin. Tytöt tulkkasivat saksalaisille tilanteen ja saksalaiset vapauttivat heidät pinteestä. Lopun sodan ajan Aili ja Janne olivat Pohjukanmäessä kesämajallaan. Siellä oli paljon muitakin pakolaisia. Sota ei ulottunut sinne saakka.

III

Tulitauko kesti kolmisen päivää, tarkalleen en muista. Kotimme ei ollut tuhoutunut, kranaatin-sirpaleet olivat kyllä repineet aukkoja piharaken-nuksien seiniin. Ulkovaraston ylisillä oli kirjoja laatikoissa, niihinkin oli osunut sirpaleita. Minulla on muistona yksi kirja, jonka kannet ja osa lehdistä on kuin rotan syömiä. Kirja on Niebelungin tari-nat, sitä katsellessani muistan taas sodan elävästi.

Suomalaisten kranaatinheitinpatteristo oli meidän navetan takana olevassa soramontussa. Kävimme tietysti uteliaina katsomassa, miten se toimii. Sotilaat kehottivat kuitenkin lähtemään suojaan, kun saksalaiset alkavat hakuammunnan. Vihollinen alkaa etsiä toisten asemia ja se voi olla aivan sattumanvaraista, mihin tähtäävät.

Alaraumon Närhilässä oli tiedotuskeskus, sieltä tuli tieto tilanteen herruudesta sinä aikana. Maijun Antti, joka ei ollut kelvannut rintamalle, määrättiin töihin puhelinkeskukseen. Antti ei ollut koskaan käyttänyt puhelinta ja kysyi: "Mitäs mie sanon tä-hän ko se soi". "Puhukaa vain selvästi ja asiallises-ti", vastasi joku läsnäolevista. Sitten puhelin soi ja Antti huusi: "Puhukaa selvästi ja asiallisesti". Soit-taja oli hetken ihmetellyt, tuli oikeaan käsitykseen Antin kyvyistä. Tällaiset hauskat tarinat kevensivät ankeaa oloa ja mielialaa, kunnes alkoi tapahtua.

Saksalaisten armeijassa oli tuolloin jo miltei lapsia. Eräs 18-vuotias sotilas oli jättäytynyt joukoistaan, ylitti uimalla joen ja tuli siviilien luokse turvaa etsimään. Varmaankin pelko sai aikaan sen, ettei kestänyt nähdä raakaa tappamista puolin ja toisin. Kerroimme asiasta eräälle suomalaiselle upseerille. Hän neuvoi piilottamaan pojan ja antamaan hänelle siviilivaatteet ja olemaan hiljaa. Poika sai veljeni vaatteet, pikkutakin ja housut. Alppikengät jäivät jalkaan ja se koitui kohtaloksi. Poika piilotettiin ensiapuaseman vintille, salaa vietiin voileipiä. Mutta kun oli jo lokakuu, sateinen ja kolea, pojalle tuli vilu. Hänen oli pakko olla liikkeessä ja alppikengät kopisivat. Suomalaiset siitä vintinrappusia päin. Kissa sattui hyppäämään alas. "Saakelin kissa, luulimme jo, että siellä on sakemanni". Poika pelastui toistaiseksi. Päivä oli pitkä ja yö saapui. Poika ei jaksanut olla paikoillaan, kylmissään liikahteli. Nyt ei ollut kissaa enää pelastamaan, vaan suomalaiset löysivät pojan ja vangitsivat. Saksalaisviha oli valtavaa sotilaiden keskuudessa, ainoastaan upseeristosta löytyi inhimillisyyttä. Tämä joukoista erottunut poika oli nimeltään Erik Hasselbeck. Hän antoi sisarelleni hopeisen sormuksen muistoksi hyvästä kohtelusta, sisarellani on vielä tuo sormus tallessa. Kolme päivää myöhemmin näin Erikin viimeisen kerran, kun suomalaiset sotilaat kuljettivat hänet pois Tornioon päin. Suomalaisia oli ryhmän verran. Erik keskellä kauhun ilme kasvoillaan. Pyöräilin tiellä ja sattumalta näin tämän marssijoukon.

Ajoin hetken matkaa vierellä, en uskaltanut puhua mitään. Sanottiin, ettei häntä ammuttu, vaan vietiin Ruotsiin. Emme ole kuulleet hänestä mitään sen jälkeen. Sen sijaan Aloisin leposija on Norvajärven yhteishaudassa.

Me siviilit emme osanneet vihata saksalaisia, koska he olivat eläneet keskuudessamme koko sota-ajan. Miten voi yhdessä päivässä oppia pitämään ystäviä vihollisena. Koko lapsuusaikani niin koulussa kuin muuallakin toitotettiin saksalaisystävällisyyttä ja ryssävihaa. Luulinkin aika pitkään, että ryssät ovat piruja ja niillä on sarvet päässä, kunnes saksalaiset toivat sotavangit meidän sorakuopalle töihin. Ensi kertaa huomasin, että ihmisiä hekin olivat. Kurja kohtalo heillä kyllä oli saksalaisten vankina, monet sanasodat käytiin saksalaisten vartijoiden kanssa. Mielestämme he kohtelivat aika tylysti niitä. Veimme valmiita voileipiä vangeille, saksalaisten yrittäessä estää, mutta olimme itsepäisiä ja saimme tahtomme perille. Veimme myös lapasia, kun he kovalla pakkasella ilman käsineitä rautakankien kanssa irrottivat soraa. Äiti ruokki heitä salaa, vei navetan taakse ämpärin, mistä vangit saivat syötävää.

Näin myös toisenlaisen tavan kohdella vankeja. Vangit kulkivat metsässä etsien sieniä syödäkseen. Kerran yksi vanki oli eksynyt johonkin taloon, kai pyytääkseen ruokaa. Sen sijaan, että olisivat antaneet ruokaa, kaksi naista ajoi takaa tätä vankia pidellen suurta kiveä kohotetuissa käsissään. Olin soramontun harjalla, kun näin tämän tapauksen. Vanki kulki noin viiden metrin etäisyydellä ja nämä kaksi naista perässä ratakiskojen välissä. Vaikka olin lapsi, tajusin naisten käyttäytymisen aivan hulluksi. Eihän sillä vankiparalla ollut minkäänlaista mahdollisuutta paeta mihinkään. He olivat vain nälissään, eivätkä varmaan olisi jaksaneetkaan mihinkään pahantekoon. Mutta meitä on moneksi. Yleensä vangit olivat nöyriä, tekivät ristinmerkin tullessaan pihalle ja yrittivät suudella poskelle, mutta kun se oli meistä niin outo tapa, emme sitä sallineet, jälkeenpäin ajatellen meidän häpeäksi.

Olimme toivoneet, että Ruotsi ottaisi myös meidät rajanläheiset huostaansa, pois sodan jaloista. Vasta viidennen sotapäivän aikana lupa tuli. Ruotsiin oli paenneet jo kaikki Itä-Suomesta, muun muassa sallalaiset ja sieltä päin tulleet. Kaikki paikat olivat täynnä. Muistan, kuinka ihmisiä kulki maantietä pitkin pitkinä jonoina kuljettaen kotieläimiä mukanaan. Lehmiä piti paimentaa ja matkalaiset kulkivat väsyneinä jalkaisin perässä. Tätä kesti vuorokausitolkulla. Lohduttoman näköisiä jonoja, kaikilla vakava ilme kasvoillaan. Olihan heidän pitänyt jättää kotinsa niin kuin karjalaisten aikoinaan.

Me rajalla olevat emme oikein uskoneet koko sodan syttymiseen, koska se pitkittyi aina vaan.

Oli pitänyt aikoja sitten pakata tavarat ja kuljettaa kauas heinälatoihin. Meilläkin isä teki suuria puulaatikoita, ja ne pakattiin ja kuljetettiin suojaan. Mutta kun tavaroita tarvittiin jokapäiväisessä elämässä, ne haettiin pois. Sitten kun se sota alkoi, kaikki jäi jalkoihin.

Neljäntenä päivänä tuli määräys, että kaikkien on ylitettävä Raumon silta. Suomalaisilla oli tarkoitus räjäyttää Tornion puoleinen siltakaari. Kolmikaarisesta sillasta kaksi oli purettu miinoista, saksalaiset olivat Kemin puoleisella alueella Kyläjoen tienoilla asemissaan. No kaikki matkaan, otettiin välttämätön tavara mukaan ja lähdettiin. Äiti ja isä tulisivat perässä karjan kanssa, niinkuin muutkin. Yliraumolla Liakantien varrella oli Kontu-niminen talo, mihin väki kokoontui iltapäiväksi ja yöksi. Tämän yön kokemukset olivat ikimuistettavat, silloin tapahtui käänteentekevää.

Väkeä oli tuvan täydeltä, siviilit ja sotilaat sekaisin. Suomalaiset olivat löytäneet pikku-Berliinin viinavarastot, eivätkä kaikki voineet vastustaa kiusausta maistella hyviä konjakkeja. Sotilaat olivat umpihumalassa alimpia upseereita myöten. Sotilaat pörräsivät koko yön, ja siviilit yrittivät pitää yllä tunnelmaa kertomalla mitä hurjimpia vitsejä. Yksi oli joukosta yliveto, Kyöstäjän Eeva. Koko yön ajan hän piti yllä sellaista showta, että kaikki nauroivat hysteeristä naurua, en ole myöhemmin kokenut vastaavaa. lhmiset olivat väsyneitä ja hysteria lähellä, sitähän se oli. Mutta itku pitkästä ilosta. Saksalaiset olivat huomanneet suomalaisten humalatilan ja aloittivat ankaran tykistö- ja kranaattitulituksen kohti suomalaisia. Tuli kiire karkuun aamuhämärissä. Kynnelle kykenevien sotilaiden opastamina lähdettiin kohti Torniota ja Haaparantaa. Olimme kahden tulen välissä. Yliraumon Trukin talon pihalla oli suomalainen tykistö, mistä he tulittivat, ainoastaan sadan metrin päässä meistä. Saksalaiset sillan toisella puolella, heidän etenemistään hidasti tuo räjäytetty silta. Sotilas näytti edellä juosten, miten suojaudutaan ammuksilta. Edettiin metri metriltä aina välillä maastoutuen. Kun vihellys kuului, maahan ja eteenpäin. Siinä hötäkässä jäivät sinne ojien pohjille kaikki ne tavarat, joita oli mukaan ottanut. Olin saanut sisareltani kauniin keltaisen sateensuojan, se oli aivan ylellisyyttä niissä oloissa. Sen menettämistä surin varmasti kaikkein eniten, niin turhamainen olin jo silloin.

Tultiin vihdoin maantielle, lähestyimme Keroputaan siltaa, ilmatilaan ilmestyi saksalainen Stuka. Pääsimme radan rummun alle piiloon. Sotilaat katselivat, miten pommi lähtee alas, käskivät meidänkin katsoa. Minä en uskaltanut, panin pääni piiloon kuin jänis. Pelkäsimme suunnattomasti, sitä pelkoa ei osaa edes kuvailla. Saksalaiset yrittivät tietysti pommittaa siltaa, mutta pommi tappoi vain muutaman lampaan laitumella. Äiti ja isä olivat karjoineen suojautuneet kiviaidan reunalle, mutta selviytyivät, vaikka lentokoneesta ammuttiin konekivääreillä. Stukahan on sellainen syöksylaskija.

Koneen poistuttua ilmatilasta lähdimme jatkamaan juoksua. Meno oli yhtä kaaosta. Nuorin sisareni oli vasta 8-vuotias, heitimme hänet suomalaisen hevoskuorman päälle. Hän ei olisi jaksanut juosta tarpeeksi lujaa. Jos joku olisi ollut ottamassa aikoja, olisi varmaan saanut ennätystuloksen. Tulimme vihdoin Ruotsin tulliin, siitä meidät korjattiin kuorma-auton lavalle ja kyyditettiin parakkikylään, lähelle Haaparantaa. Pienin eksyi joukostamme, mutta Ruotsin radion välityksellä saimme tiedon hänen olinpaikastaan. Sieltä vanhempani löysivät hänet hyvissä voimissa.

IV

Saimme turvan Ruotsin armeijan parakeissa, jotka sijaitsivat Vuonon kylässä. Parakeissa oli ritsit eli kerrossängyt. Vihdoinkin saimme nukkua pelkäämättä, vaikka sodan äänet kuuluivatkin sinne saakka. Evakot olivat kaiken ikäisiä ja kaiken sorttisia. Toiset purnasivat, kuka ruuasta, kuka olosuhteista. Me olimme tyytyväisiä, ettei tarvinnut olla keskellä melskettä. Saimme mielestäni hyvää ruokaa, vaikkei se ollut sen kummempaa kuin mannavelliä ja näkkileipää. Sellaiselle joukolle ei voinut mitään erillisiä herkkuja laittaa. Isä ja äiti olivat toisella leirillä, siellä olivat karjan kanssa olevat. Jokainen sai hoitaa omat lehmänsä. Tapasimme heitä kuitenkin ajoittain.

Autoimme sotilaita keittiötöissä, viihdyimme oikein hyvin, olimme sopeutuvaisia ja optimistisia. Emme olleet tottuneet muutenkaan ylellisyyteen. Olimme köyhiä, suuri lapsilauma, mutta ruokaa oli aina tarpeeksi. Olimme taas yhdessä Eilan kanssa. Muistan, kuinka söimme sokeria vatsan täydeltä, sotilaat antoivat. Sokeri oli harvinaista herkkua Suomen puolella.

Parakeissa pidettiin niin sanottu täitarkastus, piti huolehtia hygieniasta. Peseytymismahdollisuudet olivat olemattomat, mutta täytyi siellä sauna olla. Tämä puoli on jäänyt hämärän peittoon, ehkä se ei tuntunut niin tärkeältä kaiken kokemisen jälkeen. Alueella jaettiin vaatteita ja kenkiä, minäkin sain päällyskengät, joissa oli karvareuna, mielestäni hienot. Sai itse valita, mitä otti. Taas huomasin olevani epäkäytännöllinen, kun valitsin päällyskengät. Ne olivat niin erikoiset.

Tarpeilla piti käydä ulkona aika matkan päässä parakeista. Kerran olin matkalla sinne ja polun varrella seisoi ruotsalainen sotilas ja hän paljasti kikkelinsä. Säikähdin hirveästi, mutta kun hätä oli suuri, en voinut kääntyä takaisin. Suljin oven säppiin visusti. Palatessani hän oli onneksi poistunut. En uskaltanut kenellekään mainita asiasta, hävetti niin, luulin, että olin itse aiheuttanut sen. Vasta jälkeen päin ymmärsin, että olisi pitänyt ilmiantaa, ettei kenenkään muun olisi tarvinnut kokea samaa. Näitä sairaitahan on niin sotilaissa kuin siviileissäkin.

Päivittäin kuulimme uutisia omilta kyliltä ja huhut olivat masentavat. Ihmiset olivat totisia kuultuaan kotinsa olevan tulessa. Saksalaisilla oli tapana polttaa kaikki. Raumon kylää ei tahallaan poltettu, mitä nyt ammuksista syttyivät. Sen vuoksi moni pääsi omaan kotiinsa palaamaan taistelujen lakattua alueella. Ruotsalaiset seurasivat rannalla, miten joen toisella puolella tulipalot roihusivat ja varmaan pelkäsivät itsekin, josko sota ryöstäytyisi heille asti. Tornion siltaa eivät saksalaiset saaneet räjäyttää, sillä Ruotsin valtiolta tuli nootti, että silta on liian lähellä rajaa. Näin silta jäi ehjäksi. Se helpotti paluuta takaisin koteihin.

Tämän kolmen viikon aikana, jonka olimme evakossa, emme käyneet muualla, emme edes Haaparannalla. Tiskasimme keittiössä ja siivosimme paikkoja. Saimme ylimääräisiä annoksia sokeria palkaksi. Äiti ja isä pääsivät lähtemään karjan kanssa kotiin muutamaa päivää aikaisemmin. Koti oli kuin myrskyn jäljiltä. Ovet kannettu taisteluhautoihin, samoin vuodevaatteet ja matot. Piirongin ja kirjoituspöydän laatikot oli poltettu nuotiossa. Kuulimme, että tämän olivat tehneet suomalaiset. Ihmetytti, mikseivät ottaneet valmiita halkoja liiteristä. Mutta sota on sotaa, sanottiin, sodassa on eri laki ja oikeus.

Kaikki sähköpylväät olivat kaatuneet, piti etsiä öljy- ja karbidilamppuja. Ikkunan alla oli juoksuhaudat, saksalaiset ruumiit olivat hautaamatta. Niitä oli tuvan takana ja joka puolella, myös sillan pielessä. Ne saivat olla kauan hautaamatta, kun ei tiedetty, mihin ne saa panna. Vihdoin ne koottiin yhteen ja haudattiin Sonkkilaan, meidän niitylle. Myöhemmin ne taas siirrettiin Kyläjoelle suurempaan yhteishautaan. Lopullisen lepopaikan he saivat Norvajärven haudassa, siellä on muistomerkki nimineen. Suomalaiset kaatuneet oli viety pois, heitä ei enää ollut kotiin palattuamme.

Nämä saksalaiset kaatuneet saivat monen mielen järkkymään. 17-vuotias Elma tuli kotoaan syrjäkulmilta kylään iltahämärissä ja säikähti niin kuollutta, että sekosi pitkäksi aikaa. Kuolleella oli pää irti kypärässä. Elma piilotteli metsässä, eikä häntä tavattu moneen päivään. Viimein isänsä sai houkutelluksi hänet kotiin. Lapualla oli siihen aikaan tunnettu parantaja, Elmaa käytettiin siellä ja hän sai avun. Varmaan näitä tapauksia on ollut paljonkin, mutta niistä on vaiettu. Kai se minuunkin jonkinlaisen vamman jätti, koska tunsin pitkään turvattomuutta.

Kun olimme miltei lapsia vielä ja nuoremmat sisarukseni olivat lapsia, niin olimme uteliaita ja rohkeita. Nuuskimme jokaisen kolon metsässä, löysimme räjähtämättömät miinat ja ilmapommit. Kun miinanraivaajaporukka tuli, tiesimme näyttää kaikki paikat. Pienemmät keräsivät ammuksia kesäpirtin taakse. Laittoivat kiven päälle ja toisella hakkasivat. He purkivat ruutia ammuksista ja sitä sitten poksauttelivat. Tykin ammukset olivat valtavan suuria, miltei metrin mittaisia. Ne kerättiin sodan jälkeen pois, samoin kuin muutkin aseet. Meillä oli varjelusta, jota kaikilla uteliailla ei ollut. Kumpulan Pertti löysi käsikranaatin, joka räjähti käsiin. Pertti menetti henkensä, samoin kolme pientä veljestä. Alapiessan pojat olivat löytäneet lentopommin, sitoivat narun pommiin ja lähtivät viemään kotiin. Pommi räjähti, eikä pojista löytynyt kuin suolenkappaleita puista. Yhteen arkkuun mahtuivat kaikki. Tällaisia tragedioita oli monessa muussa perheessä, nämä sattuivat tutuille perheille.

Siinä lähellä, missä päätön saksalainen makasi, oli puoliksi palanut postiauto. Siinä sisällä ammuttu sotilas. Häneltä löysimme kirjenipun, sidottuna langalla yhteen. Kirjeet olivat rakkauskirjeitä Adamille morsiameltaan Marialta, joka odotti sulhastaan kotiin Saksaan. Aikomus oli kyllä lähettää kirjeet Marian osoitteeseen, mutta olen unohtanut, toteutuiko aikomus.

Muiden jo palattua suojistaan ilmestyi Korven Maija kylälle. Hänet oli kokonaan unohdettu pakomatkalle lähdettäessä. Oli ollut mökissään yksin viikkotolkulla, vanha ja höperö kun oli. "Kova jumalan ilma oli, iski sisällekin, ei kuitenkhan polttanu mithän. Joen varressa miehet makasivat, olivat vishin lämmintä pitähneet, ko saaphatki riisunhet jaloista." Hän oli nähnyt kaatuneita, joilta oli saappaat viety. Kengistä oli kova pula ja eihän kuolleet saappaita enää tarvitse. Näin itsekin tapauksen, missä suomalaiset sotilaat kirosivat ja potkivat saksalaisia kaatuneita, ottivat saappaat näiden jaloista. Niin kova viha heillä oli niitä kohtaan. Sen sijaan näin saksalaisen sotilaan tekevän kunniaa, paljastavan päänsä nähdessään suomalaisen kaatuneen. Tätä ei moni suomalainen usko, mutta sisareni todistaa tapauksen. Sattui olemaan sivistynyt sotilas.

Vaikka nämä sotilaat oli vaihdettu tuntemattomiin SS-joukkoihin. Vuosikausia paikkakunnalla olleet vietiin pois ennen taisteluita. Pelkäsivät, etteivät pysty sotimaan tuttuja vastaan eikä polttamaan heidän kotejaan. Silloinkin, kun saksalaiset miinoittivat siltaa, lapset pääsivät usein kyytiin moottoripyörän sivuvaunussa ja saivat katsoa miinoitusta. Minä en kyllä ollut kyydissä, mutta pienemmät kyllä. Harvoin sitä sivuvaunussa pääsee ookaamaan.

Pikkuhiljaa siitä elämä lähti kulkemaan eteenpäin. Puutteellista se oli, kaikesta vielä oli puutetta, varsinkin kengistä. Siihen aikaan kenelläkään lähipiirissä olevilla ihmisillä ei ollut varastossa kenkiä eikä muitakaan vaatteita. Kun oli köyhä, ei niitä ollut varaa ostaa reserviin niin kuin nykyaikana. Minullakin on suuri varasto käyttämättömiä kenkiä, kun en uskalla heittää pois, jos sota tulee ja tarvitaan. Tämän se sota on jättänyt jälkeensä, pitää olla kaiken varalle. Nyt ei ainakaan ehti tarvitsisi puukengissä kulkea eikä käännetyissä vaatteissa.

Sota siis loppui meidän kohdaltamme, mutta seuraavan vuoden kevääseen asti se jatkui. Saksalaiset polttivat Lapin Torniosta eteenpäin systemaattisesti. Sellainen oli heidän taktiikkansa.

Omat sotilaat kotiutettiin, monet jäivät palaamatta. Monesta perheestä meni useampi poika, tai isä ja poika. Oli outoa, että kylällä näki muitakin kuin saksalaisia miehiä. Kylällämme tapahtui vielä sodan jälkeenkin jotain erikoista. Rajavartiosto sijoitettiin välittömään läheisyyteemme. Parakit rakennettiin metsään ja rajapuomi tienvarteen Tornioon menevälle tielle. Puhuttiin, että asekätkijät pyrkisivät rajan yli Ruotsiin ja niitä rajavartiosto jahtasi.

Inkeriläisiä pyrki myös Ruotsiin. Olen itsekin saattanut yhden vartioston ohi. Löysimme nuoren tytön kesänavetasta, missä hän oli yöpynyt kuljettuaan Etelä-Suomesta asti kävellen. Hän oli paljain jaloin, jalat suurilla rakkuloilla. Toimme hänet kotiimme, annoimme ruokaa ja yösijan. Seuraavana päivänä veimme hänet Tornion pappilaan, minne hänellä oli osoite. Tytön nimeä en muista, mutta sormenjäljet muistan hänen passissaan.

Teimme siis laittomuuksia, mutta meidän oikeudentajumme oli sellainen. En voi tajuta sitä muukalaisvihaa, jota monet tuntevat esimerkiksi Jugoslavian pakolaisia kohtaan. Jos itse on kokenut sodan ja pakolaisuuden, varmaan tuntee sympatiaa niitä kohtaan, jotka ovat nyt siinä asemassa. Kun katson uutisia, missä näytetään pakoon pyrkiviä naisia, lapsia ja vanhuksia, myötäelän heidän kärsimyksensä, se tekee kipeää.

Sodasta oli kulunut jo kaksikymmentä vuotta, kun kylään tuli outo mies kysellen kahta tytärtä, jotka olivat pelastaneet hänen henkensä sota-aikana. Äiti muisti tapauksen ja antoi miehelle Eilan ja minun osoitteet Helsingissä, missä silloin asuimme tahoillamme. Mies oli stm. Turunen, ja hän otti yhteyttä meihin ja tapasimme hänet sitten Kaivokselassa Helsingin lähellä, missä hän asui. Hän oli selvinnyt hyvin, mutta toinen löytämämme sotilas oli menehtynyt haavoihinsa melkein heti.

1995

Jälkisanat

Lapin sodasta on kerrottu paljon, mutta vain taisteluista. Siviiliväestön kokemukset ovat jääneet huomiotta, ainakaan minun silmiini ei ole osunut paljoakaan. Tiedän yhden kirjan Kariniemen kirjoittamana.

Meidän sisarusten kerääntyessä yhteen muistellaan näitä aikoja, ja niinpä sain ajatuksen laittaa paperille. Näin voin jättää elävää historiaa lasten ja lastenlasten luettavaksi, miksei muidenkin, jotka ovat kiinnostuneet lähihistoriasta.

Tietysti paljon on jo jäänyt unohduksiin asioita, eivätkä nämä ole muiden kuin minun omia kokemuksia. Jokaisella on oma tarinansa, se jääköön heidän kerrottavakseen.

Maila Henriksson

Elämää suurperheessä

En nähnyt äitiä nuorena lain,
kävi viidettäkymppiä, kun minut sai.
Vielä kolme synnytti jälkeen mun,
olin itse kymmenes, siis tusina täys ja plus.

Yhdeksän tytärtä ja neljä poikaa,
siinä ne kaikki yhdessä joikaa.
Illalla sänkyyn ja aamulla ylös,
siinäpä heidän työs.
Sänkyjä riitti kolmelle yks,
usein yöllä se sanoi "ryks".
Halkesi sänky keskeltä poikki,
lapset ylös äkkiä loikki.

Vielä hetki, unessa taas,
haaveena leveempi laveri ja vain yksi kaveri.
Sais ojentaa jalkoja ja kylkeä kääntää,
ei tarvitsis itkua vääntää, kun toinen sätkii.

On uskonto julma, siinä pulma:
Onko lapsi Jumalan lahja vai taakka,
sitä olen miettinyt lapsesta saakka.
Liika on liikaa, mutta yhtäkään ei annettais pois.
Ruokaa riittää vaatimatonta, vatsat täyttyy,
hyvä on olla, kaikilla hoksaava polla.

Koulut käytiin, elämä opetti.
Kaikilla meillä läksyt luettu ja elämää koettu.
Omansa kullakin, niin mulla kuin sulla.
Kiitos siitä äidille parhain.
Vaikka läksinkin kotoa varhain,
aina oli paikka tulla, jos ikävä mulla.

Katsella paikkoja lapsuuden ajan,
kulkea polkuja, niittyjen laitaa.
Muistella ahoja marjakkaita,
mesimarjoja heinikossa,
pajukeppejä paimenessa.
Vispilän tekoa, kielokimppuja,
Ilomäkeä keskellä metsän,
harmajaa latoa ja riihikenttää.

Vain yks oli joukosta meistä herkempi,
heikompi muita. Ei ymmärrystä saanut.
Mieli murtui, viisitoista sairaalan vuotta,
elämänsä parhaat, ehkä suotta.
Palasi poika, vieläkin arka,
ylenkatsottu poika parka.

Omatunto soimaa,
kun ei ymmärtänyt poikaa.
Jälkiviisaus on pahasta,
ei tajunnut, että veljeä rakasta.

Julmaa on kasvaa laumassa perheen,
vanhana vasta huomaa erheen.
Poissa on poika, taivaassa varmaan,
sillä myös sisaret, veljet, äiti ja isä,
ennen jo menneet.

Meitä on neljä jäljellä vielä,
kulussa elämän tiellä.
On aikaa oppia läksyt vielä,
mitä tulee vastaan siellä.
Lähteä täältä oppineena,
että maailman ranta opettaa,
muistaa sanoja äidin,
kun se aika koittaa.

Yksinäisyyttä

Neljä vuotta yksin
ei tullut mieleenkään mies.
Oli ollut, neljäkymmentä vuotta.
Meni pois, oma mies
– ei mielestä.
Sytytän kynttilän muistolleen,
lepää rauhassa.

Tuli kesä, tuli mies
meni kesä, meni vieras mies
– myös mielestä.
Ei ollut se oikea mies,
lepään rauhassa.